십자가 복음으로 넘치는 은혜와 감사로 사는 그리스도인

나는 날마다 죽노라

규장

그리스도께서는 당신 눈앞에서 십자가에 달리셨다.
당신은 그리스도께 돌아오기 전까지는 길 잃은 자이다. 《회개했는가》

12 31
DECEMBER

어리석도다 갈라디아 사람들아 예수 그리스도께서 십자가에 못 박히신 것이
너희 눈앞에 밝히 보이거늘 누가 너희를 꾀더냐 | 갈 3:1 |

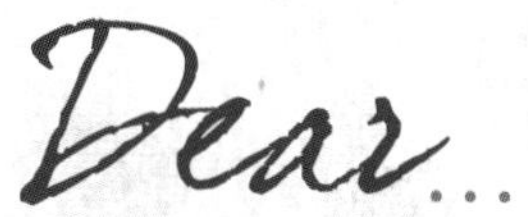

회개하고 돌이켜 자아의 나라에서 하나님의 나라로,

구원의 길로 인도하는 십자가의 은혜를 나누고자

______________ 님께 선물합니다.

______________ 드림

십자가의 도가 멸망하는 자들에게는 미련한 것이요 구원을 받는 우리에게는 하나님의 능력이라 고전 1:18

하나님께서는 오랫동안 당신을 기다리셨다.
당신이 짬을 낼 때까지 계속 참으셨고,
당신이 하나님을 부당하게 대하는 지금 이 순간에도
인내로 기다리신다.《회개했는가》

12 30
DECEMBER

볼지어다 내가 문밖에 서서 두드리노니 누구든지 내 음성을 듣고 문을 열면
내가 그에게로 들어가 그로 더불어 먹고 그는 나로 더불어 먹으리라 | 계 3:20 |

JANUARY 11

우리 마음의 주인 자리는 비어 있는 법이 없다.
우리 마음에 하나님이 주인 노릇을 못하고 계신다면
나 자신이 주인 노릇하고 있는 것이다.《십자가》

사람들은 자기를 사랑하며 돈을 사랑하며 자긍하며 교만하며 훼방하며 부모를 거역하며
감사치 아니하며 거룩하지 아니하며 | 딤후 3:2 |

주 예수 그리스도께서는 돌이켜 회개해야 한다는 조건으로
자신을 당신에게 선물로 주시고 영원한 생명까지 주셨다.
이 조건만 충족하면
모든 죄를 값없이 용서해주겠다고 제안하셨으며,
이를 말씀으로 기록하셨다.《회개했는가》

12 29
DECEMBER

이 뜻을 좇아 예수 그리스도의 몸을 단번에 드리심으로 말미암아
우리가 거룩함을 얻었노라 | 히 10:10 |

JANUARY 1 2

나는 예수 그리스도와 더불어
십자가에 못 박힌 사람이 되었다.
이제는 내가 사는 것이 아니다.
내가 예수와 같이 죽었음을 믿어라.
예수 혼자 죽는 십자가가 아니라
나도 같이 죽는 십자가로 믿어라. 《십자가》

내가 그리스도와 함께 십자가에 못 박혔나니 그런즉 이제는 내가 산 것이 아니요 오직 내 안에 그리스도께서 사신 것이라 이제 내가 육체 가운데 사는 것은 나를 사랑하사 나를 위하여 자기 몸을 버리신 하나님의 아들을 믿는 믿음 안에서 사는 것이라 | 갈 2:20 |

당신이 알고 있는 모든 죄와
고의로 범한 모든 죄에서 즉각 떠나라.
단호하게 결단하고 다시는 그 길로 가지 말라.
육신의 정욕을 부추길 소지가 있는
모든 장소와 기회들을 의도적으로 피하라. 《회개했는가》

또 주의 종으로 고범죄를 짓지 말게 하사 그 죄가 나를 주장치 못하게 하소서
그리하시면 내가 정직하여 큰 죄과에서 벗어나겠나이다 | 시 19:13 |

12 28
DECEMBER

본질적인 죄의 문제,
마음에 하나님 두기를 싫어하는
근원적 죄를 해결하지 않는다면
우리는 단연코 변화되지 않는다.《십자가》

또한 저희가 마음에 하나님 두기를 싫어하매 하나님께서 저희를 그 상실한 마음대로 내어 버려두사 합당치 못한 일을 하게 하셨으니 | 롬 1:28 |

지금 즉시 돌이켜 회개하면
성령께서 다른 본성과 성향을 주실 것이요,
그러면 죄를 지으며 사는 것보다 죄를 버리는 것이
더 큰 즐거움이 될 것이다. 《회개했는가》

나는 너희로 회개케 하기 위하여 물로 세례를 주거니와 내 뒤에 오시는 이는
나보다 능력이 많으시니 나는 그의 신을 들기도 감당치 못하겠노라
그는 성령과 불로 너희에게 세례를 주실 것이요 | 마 3:11 |

12 27
DECEMBER

JANUARY 14

십자가 부활을 믿는다고 할 때는
'나의 죄'와 관련해서 믿어야 하는 것이다.
내 죄의 문제를 해결하는
십자가와 부활로 믿어야 한다.《십자가》

만일 우리가 그리스도와 함께 죽었으면 또한 그와 함께 살 줄을 믿노니 | 롬 6:8 |

당신이 죄를 향해 달려갈 때, 경건함에서 도망칠 때,
하나님의 부르심을 듣고도 돌이키기를 거부할 때,
인간이나 귀신이 다른 방법으로 할 수 있는 모든 악행보다
더 악한 짓을 당신 자신의 영혼에게
저지르고 있는 것이다.《회개했는가》

12 26
DECEMBER

아픈 것과 종기로 인하여 하늘의 하나님을 훼방하고
저희 행위를 회개치 아니하더라 | 계 16:11 |

JANUARY 15

옛 사람은 예수와 함께 십자가에 못 박혀야 한다.
옛 사람과 죄의 몸이라는 실체,
죄악의 뿌리와 밑동이 십자가에 못 박혀 죽지 않으면
죄의 문제는 계속 발생한다.《십자가》

우리가 알거니와 우리의 옛 사람이 예수와 함께 십자가에 못 박힌 것은 죄의 몸이 죽어
다시는 우리가 죄에게 종 노릇 하지 아니하려 함이니 | 롬 6:6 |

회개하고 구원받기를 진정으로 원한다면,
은밀하고 진지하게 숙고하는 시간을 많이 가져라.
경솔함이 세상을 망치고 있다.《회개했는가》

너는 기도할 때에 네 골방에 들어가 문을 닫고 은밀한 중에 계신 네 아버지께 기도하라
은밀한 중에 보시는 네 아버지께서 갚으시리라 | 마 6:6 |

12 25

DECEMBER

JANUARY 16

"나는 형법상의 죄를 짓지 않았다! 내가 무슨 죄인이냐?"
하지만 틀렸다.
죄의 문제를 해결해야만 기독교에 입문할 수 있고
유혹을 이기는 엄청난 하나님의 능력을 받을 수 있다.《십자가》

만일 우리가 죄 없다 하면 스스로 속이고 또 진리가 우리 속에 있지 아니할 것이요 | 요일 1:8 |

평생을 죄악 속에서 살며 맛보는 모든 기쁨보다
단 하루 동안 거룩한 삶을 살며 맛보는 기쁨이
훨씬 더 크고 귀하다!
그 둘은 비교할 수조차 없다!《회개했는가》

그러므로 형제들아 내가 하나님의 모든 자비하심으로 너희를 권하노니
너희 몸을 하나님이 기뻐하시는 거룩한 산 제사로 드리라
이는 너희의 드릴 영적 예배니라 | 롬 12:1 |

12 24

DECEMBER

JANUARY 17

죄의 문제, 자아의 문제를
그리스도의 보혈로 해결할 때,
유혹의 순간에도 하나님을 마음에 두는
능력이 나타날 것이다.《십자가》

이 집에는 나보다 큰 이가 없으며 주인이 아무것도 내게 금하지 아니하였어도 금한 것은 당신뿐이니 당신은 자기 아내임이라 그런즉 내가 어찌 이 큰 악을 행하여 하나님께 득죄하리이까 | 창 39:9 |

악인들이 넘쳐나면
더욱 담대하게 그들을 따라 살아도 괜찮다고 생각한다.
경건한 사람들이 적으면
더욱 담대하게 그들을 멸시해도 괜찮고,
바른 길을 걸으면 너무 까다로운 게 아니냐고 생각한다. 《회개했는가》

화 있을찐저 외식하는 서기관들과 바리새인들이여
너희는 교인 하나를 얻기 위하여 바다와 육지를 두루 다니다가 생기면
너희보다 배나 더 지옥 자식이 되게 하는도다 | 마 23:15 |

12 23
DECEMBER

JANUARY 18

자신을 십자가에 못 박는 이 날이
바로 옛 자아의 죽음의 날임을 기억하라.
그동안 전혀 해결되지 않은 죄의 문제,
하나님을 마음에 두기 싫어하는 죄,
근본적인 죄의 뿌리인 이 옛 자아의 문제를
예수 십자가에 못 박아 거듭남을 체험하라.《십자가》

너희는 유혹의 욕심을 따라 썩어져 가는 구습을 좇는 옛 사람을 벗어 버리고
오직 심령으로 새롭게 되어 하나님을 따라 의와 진리의 거룩함으로 지으심을 받은 새 사람을 입으라 | 엡 4:22-24 |

회개하지도 않고
거룩한 삶을 살지도 않으면서 구원을 소망한다면,
그것은 하나님께 소망을 두는 것이 아니라
마귀와 당신 자신에게 소망을 두는 것이다. 《회개했는가》

그러므로 회개에 합당한 열매를 맺고 속으로 아브라함이 우리 조상이라 말하지 말라
내가 너희에게 이르노니 하나님이 능히 이 돌들로도
아브라함의 자손이 되게 하시리라 | 눅 3:8 |

12 22

DECEMBER

내가 편리하면 그것이 선善이고
내가 불편하면 그것이 곧 악惡이다.
그렇게 내 마음대로, 편리한 대로, 나의 이익 본위로
선악의 규정을 만들어가는 것이 바로 죄이다.《십자가》

이 사람 미가에게 신당이 있으므로 또 에봇과 드라빔을 만들고 한 아들을 세워 제사장으로 삼았더라 | 삿 17:5 |

성도는 땅의 번영을 품삯으로 요구하지 않는다.
그들은 재물과 소망을 천국에 쌓는다.
그렇지 않다면,
그들은 그리스도인이 아닐 것이다.《회개했는가》

오직 너희를 위하여 보물을 하늘에 쌓아 두라
거기는 좀이나 동록이 해하지 못하며
도적이 구멍을 뚫지도 못하고 도적질도 못하느니라 | 마 6:20 |

12 21
DECEMBER

JANUARY 1 10

하나님의 말씀을 멀리한 사람 곁에는
항상 돼지가 있다. 돼지 냄새가 난다.
바로 그 사람의 세속적인 가치관,
허영의 가치관에서 나는 냄새이다. 《십자가》

그 후 며칠이 못되어 둘째 아들이 재산을 다 모아가지고 먼 나라에 가 거기서 허랑방탕하여 그 재산을 허비하더니
가서 그 나라 백성 중 하나에게 붙여 사니 그가 저를 들로 보내어 돼지를 치게 하였는데 | 눅 15:13,15 |

정신착란을 지혜로 여기는,

회개하지 않은 미친 세상에 속하는 것과

영원한 것들을 생각함으로써 혼란에 빠지는 것,

둘 중 하나를 택하라면

나는 무조건 후자를 택할 것이다.《회개했는가》

알지 못하던 시대에는 하나님이 허물치 아니하셨거니와

이제는 어디든지 사람을 다 명하사 회개하라 하셨으니 | 행 17:30 |

JANUARY 1 11

우리는 마음에 하나님 두기를 싫어하는 것,
하나님의 말씀과 안전거리를 두는 것,
아담이 하나님의 말씀을 선악의 표준으로 삼지 않고
아담 자신을 선악의 표준으로 삼은 것처럼
자기 마음대로 하나님을 섬긴 죄를 회개해야 한다.《십자가》

네가 네 하나님 여호와의 말씀을 순종치 아니하고 네게 명하신 그 명령과 규례를 지키지 아니하므로 이 모든 저주가 네게 임하고 너를 따르고 네게 미쳐서 필경 너를 멸하리니 이 모든 저주가 너와 네 자손에게 영원히 있어서 표적과 감계가 되리라 | 신 28:45,46 |

회개와 구원의 문제를 어려운 일로 여긴다는 것은
하나님을 비난한다는 의미이다.
당신에게 이 일을 명하시고 말씀을 주시고
이 복된 소식을 주야로 묵상하라고 하신 분이
바로 하나님이시기 때문이다.《회개했는가》

이 율법책을 네 입에서 떠나지 말게 하며 주야로 그것을 묵상하여
그 가운데 기록한 대로 다 지켜 행하라
그리하면 네 길이 평탄하게 될 것이라 네가 형통하리라 | 수 1:8 |

12 19
DECEMBER

JANUARY 1 12

그가 찔리고 채찍에 맞은 것은 우리 죄 때문이다.
그런데도 우리는 하나님의 아들을 죽여놓고
그 아들의 아버지인 하나님께 사과하고 용서를 구하지 않았다.
자신이 예수 죽였음을 고백하고
전심으로 사죄해본 일이 없다.《십자가》

그는 실로 우리의 질고를 지고 우리의 슬픔을 당하였거늘 우리는 생각하기를 그는 징벌을 받아서
하나님에게 맞으며 고난을 당한다 하였노라 | 사 53:4 |

당신은 멸망을 향해 스스로 나아가는 순간조차
그저 육신의 정욕을 충족시킴으로써
자신에게 유익이 되는 것을 행하고 있을 뿐이라고 생각한다.
그러나 육신의 정욕을 채우는 것,
그것이 바로 멸망으로 향하는 것이니 주의하라!《회개했는가》

12 18
DECEMBER

이는 세상에 있는 모든 것이 육신의 정욕과 안목의 정욕과 이생의 자랑이니
다 아버지께로 좇아 온 것이 아니요 세상으로 좇아 온 것이라 | 요일 2:16 |

JANUARY 1 13

교회에서 들은 수많은 위로의 말들,
성경에 나열된 수많은 약속의 말씀은
회개하지 않은 죄인에게 해당이 없음을 분명히 알라.
회개하지 않는 죄인에게는
하나님의 도끼만이 기다릴 것이다.《십자가》

이미 도끼가 나무 뿌리에 놓였으니 좋은 열매 맺지 아니하는 나무마다 찍어 불에 던지우리라 | 마 3:10 |

간절하게 계속 기도하라.
이전에 그릇된 삶을 살았음을 고백하고 슬퍼하라.
은혜를 내려 어두운 마음을 조명해달라고 구하라.
과거에 지은 모든 죄를 용서해달라고 구하라.
하나님의 영靈을 달라고 구하라. 《회개했는가》

그러므로 너의 이 악함을 회개하고 주께 기도하라
혹 마음에 품은 것을 사하여 주시리라 | 행 8:22 |

12 17
DECEMBER

JANUARY

1 14

예수님이 우리의 죄를 용서해주셨으니까
회개는 적당히 넘어가도 되는 것인가?
그러나 예수님은 회개하지 않으면
천국에 들어갈 자가 없다고 하셨다.
회개에 합당한 열매도 맺지 않고 있으면서
어디 감히 천국을 담치기 하려고 하는가?《십자가》

그러므로 회개에 합당한 열매를 맺고 속으로 아브라함이 우리 조상이라고 생각지 말라 내가 너희에게 이르노니
하나님이 능히 이 돌들로도 아브라함의 자손이 되게 하시리라 | 마 3:8,9 |

땅에 마음을 고정시키고 사는 것,
하나님보다 세상을 더 사랑하는 것,
겸손하지도 않고 믿지도 않으려는 마음을 갖고
사는 것이 당신이 언급한 죄처럼
추잡한 죄라는 것을 모르는가?《회개했는가》

12 16
DECEMBER

보라 그의 마음은 교만하며 그의 속에서 정직하지 못하니라
그러나 의인은 그 믿음으로 말미암아 살리라 | 합 2:4 |

JANUARY 1 15

'나 때문에 예수가 죽었다'는 가해자 인식이 있어야 한다.
이것이 없으면 예수 믿는 것이 아니다.
당신에게 자신이 예수를 죽였다는 인식이 있는가?
'나는 2천 년 전에 태어나지도 않았고
예수의 손에 못도 박지 않았다'라고 생각하는 사람이
어떻게 지금 예수 믿어 구원받았다고 하겠는가?《십자가》

그런즉 이스라엘 온 집이 정녕 알지니
너희가 십자가에 못 박은 이 예수를 하나님이 주와 그리스도가 되게 하셨느니라 하니라 | 행 2:36 |

천국은 실로 귀해서 천국을 잃는다면

그 무엇도 그 자리를 대신하거나 손실을 보상할 수 없다.

지옥은 실로 고통스러워서

그 무엇도 비참함을 덜어주거나

안위와 위로를 줄 수 없다. 《회개했는가》

또 천국은 마치 좋은 진주를 구하는 장사와 같으니

극히 값진 진주 하나를 만나매 가서 자기의 소유를 다 팔아 그 진주를 샀느니라 | 마 13:45,46 |

12 15

DECEMBER

JANUARY 1 16

믿고 회개한다는 것은 그리 간단한 일이 아니다.
값싼 회개에 지적 동의만 해놓고
구원받았다고 착각하지 말라.
당신은 통회하며 예수 믿었는가? 《십자가》

무릇 시온에서 슬퍼하는 자에게 화관을 주어 그 재를 대신하며 희락의 기름으로 그 슬픔을 대신하며 찬송의 옷으로 그 근심을 대신하시고 그들로 의의 나무 곧 여호와의 심으신 바 그 영광을 나타낼 자라 일컬음을 얻게 하려 하심이니라
| 사 61:3 |

영원에 관한 문제들의 가치는 실로 중대하여
세상에 속한 그 무엇도 그에 비길 만한 자격을 갖추지 못한다.
어떤 인간도 자신의 궁극적인 존재 이유를
거스른 것에 대해 핑계치 못할 것이다!《회개했는가》

12 14
DECEMBER

창세로부터 그의 보이지 아니하는 것들 곧 그의 영원하신 능력과 신성이
그 만드신 만물에 분명히 보여 알게 되나니 그러므로 저희가 핑계치 못할지니라 | 롬 1:20 |

JANUARY 1 17

우리가 예수를 죽였다는 애통함을 통과해야
진실한 기쁨과 희락을 회복할 것이다.
이것이 깊은 신앙이다.
우리가 잘못 배운 경박한 신앙으로 구원받았다고
스스로 위로하지 말라.《십자가》

마리아는 무덤 밖에 서서 울고 있더니 울면서 구푸려 무덤 속을 들여다 보니 | 요 20:11 |

당신의 팔이나 눈이 구원을 훼방한다면
그것들을 가지고 지옥에 가는 것보다는 찍어버리는 것이
더 이익일 것이다.
온몸이 지옥에 떨어질 판에 팔과 눈이 성한들
무슨 소용이겠는가?《회개했는가》

12 13
DECEMBER

만일 네 오른눈이 너로 실족케 하거든 빼어 내버리라
네 백체 중 하나가 없어지고 온 몸이 지옥에 던지우지 않는 것이 유익하며 | 마 5:29 |

기독교의 엔터테인먼트화를 회개하라.
엔터테인먼트가 발달하면서 교회에는 눈물이 사라졌다.
경박한 공연은 넘쳐나지만
통곡의 회개 기도회는 사라졌다.
우리가 이 죄를 회개해야 한다.《십자가》

네 노래 소리를 내 앞에서 그칠지어다 네 비파 소리도 내가 듣지 아니하리라 | 암 5:23 |

당신은 지옥 불에 빠지고 싶지 않지만,
계속 죄를 범함으로써 영원히 꺼지지 않는
지옥 불의 영원한 땔감으로 자청하고 있고
자신을 그 구덩이 속에 던지려고 고집한다.《회개했는가》

12 12
DECEMBER

사람이 회개치 아니하면
저가 그 칼을 갈으심이여 그 활을 이미 당기어 예비하셨도다 | 시 7:12 |

JANUARY 1 19

성령의 충만함을 받으려면 어떻게 해야 하는가?
내가 예수를 죽였다는 분명한 인식,
그 점에 대해 울부짖는 정서적 반응,
그런 다음 회개하고 돌아서서 분명한 죄의 용서함을 받아야
비로소 성령 충만해진다.《십자가》

베드로가 가로되 너희가 회개하여 각각 예수 그리스도의 이름으로 세례를 받고 죄사함을 얻으라
그리하면 성령을 선물로 받으리니 | 행 2:38 |

지옥에 있는 죄인들 중에는
회개하지 않은 것을 후회하지 않는 이가 하나도 없지만,
천국에 있는 모든 성도 중에는
회개한 것을 후회하는 영혼이 하나도 없다!《회개했는가》

12 11
DECEMBER

너희의 아는 바와 같이 저가 그 후에 축복을 기업으로 받으려고 눈물을 흘리며 구하되
버린 바가 되어 회개할 기회를 얻지 못하였느니라 | 히 12:17 |

JANUARY 1 20

대체 당신의 관심사는 무엇인가?
소소하고 잘못된 관심사에서
예수 그리스도의 십자가에 대한 죄의식과
그 끝없는 사랑에 대한 감격으로 언제 돌아서려고 하는가?
당신이 회개했다면 회개에 합당한 열매를 내놓아라.《십자가》

먼저 다메섹에와 또 예루살렘에 있는 사람과 유대 온 땅과 이방인에게까지 회개하고
하나님께로 돌아가서 회개에 합당한 일을 행하라 선전하므로 | 행 26:20 |

만일 하나님께서
지금 지옥에 있는 모든 자들에게 기회를 주서서
"회개하고 살라!" 라고 말씀하신다면
그들은 진심으로 기뻐하며 돌아서려 할 것이다. 《회개했는가》

12 10
DECEMBER

그러므로 회개하라 그리하지 아니하면
내가 네게 속히 임하여 내 입의 검으로 그들과 싸우리라 | 계 2:16 |

JANUARY 1 21

우리는 예수 십자가에 대한 눈물을 회복해야 한다.
하지만 눈물 한 번 흘리는 것으로 그쳐서는 안 된다.
예수에 대한 눈물과 통곡으로부터
구체적인 우리의 회개와 선행과
하나님을 향한 열심이 솟아난다는 것을 기억하라. 《십자가》

저희 마음이 주를 향하여 부르짖기를 처녀 시온의 성곽아 너는 밤낮으로 눈물을 강처럼 흘릴지어다
스스로 쉬지 말고 네 눈동자로 쉬게 하지 말지어다 | 애 2:18 |

당신은 죄를 범해서 이미 하나님의 진노 아래 놓였으며
하나님의 인내가 언제까지 지속될지 알지 못한다.
올해가 당신 생애의 마지막 해가 될 수도 있으며
오늘이 당신 삶의 마지막 날일 수도 있다. 《회개했는가》

12 9
DECEMBER

다만 네 고집과 회개치 아니한 마음을 따라 진노의 날
곧 하나님의 의로우신 판단이 나타나는 그 날에 임할 진노를 네게 쌓는도다 | 롬 2:5 |

우리는 세례를 통해
예수 그리스도의 존재를 대표하는 십자가 안으로,
부활 안으로 들어간다.
그 십자가 안으로 들어갔을 때
예수께서 십자가에 죽으시면 나도 같이 죽는 것이다.《십자가》

그러므로 우리가 그의 죽으심과 합하여 세례를 받음으로 그와 함께 장사되었나니 이는 아버지의 영광으로 말미암아 그리스도를 죽은 자 가운데서 살리심과 같이 우리로 또한 새 생명 가운데서 행하게 하려 함이니라 | 롬 6:4 |

땅이 당신을 떠받치고 있는 까닭이 무엇인가?
주님을 찾고 섬기라는 것 아닌가?
사시사철 곡식과 과일을 제공하는 것도
주님을 섬기라는 것 아닌가?
공기가 당신에게 호흡을 제공하는 이유도 같지 않은가?《회개했는가》

12 8
DECEMBER

하늘이 하나님의 영광을 선포하고 궁창이 그 손으로 하신 일을 나타내는도다
날은 날에게 말하고 밤은 밤에게 지식을 전하니 | 시 19:1,2 |

JANUARY 1 23

예수 혼자 죽는 십자가가 아니라
나도 십자가에서 그리스도와 함께 죽었다.
그렇다면 교회 다니는 사람의 자아가 버젓이 살았고,
'내가 생각하기에는 이렇다' 라고 자기 주장만 하는 사람은
도대체 어떤 사람인가?《십자가》

그 때에는 이스라엘에 왕이 없으므로 사람마다 자기 소견에 옳은대로 행하였더라 | 삿 17:6 |

하나님과 다투거나 하나님을 거부하는 것은
실로 무서운 일이다.
당신의 영혼을 눈곱만큼이라도 사랑한다면
당신이 지금 무슨 짓을 하고 있는지 주의를 기울여라.《회개했는가》

12 7
DECEMBER

살아 계신 하나님의 손에 빠져 들어가는 것이 무서울진저 | 히 10:31 |

JANUARY 1 24

매일매일 그 정과 욕심으로 이글거리는 사람은
아직 구원받지 못했다.
날마다 세상을 사랑하는 정욕의 자아가
십자가에 죽지 않은 사람은
아무리 오래 교회에 다녔어도 구원받지 못했다.《십자가》

저희가 감각 없는 자 되어 자신을 방탕에 방임하여 모든 더러운 것을 욕심으로 행하되
오직 너희는 그리스도를 이같이 배우지 아니하였느니라 | 엡 4:19,20 |

모든 피조물들이 하나님의 명령에 순종하여 질서를 지킨다.
하늘의 천사들도 땅에 내려가 벌레처럼 우둔한 인간들을 섬기라고
하나님께서 명하실 때 묵묵히 순종한다.
그러나 유독 이 땅의 죄인들은 그렇지 않다.《회개했는가》

12 6
DECEMBER

모든 천사들은 부리는 영으로서
구원 얻을 후사들을 위하여 섬기라고 보내심이 아니뇨 | 히 1:14 |

누가 예수를 십자가에 못 박았는가?
습관적으로만 교회에 나가는 내가,
강한 자아 그대로 성질이 발동하는 내가,
하나님의 일을 한다며 내 마음대로 하는 내가,
사람들에게 인정받고 드러나 보이기를 바라는
내가 예수를 십자가에 못 박았다.《십자가》

그가 하나님의 정하신 뜻과 미리 아신 대로 내어준 바 되었거늘
너희가 법 없는 자들의 손을 빌어 못박아 죽였으나 | 행 2:23 |

그리스도께서 십자가 속죄사역을 다 이루심으로써
당신이 하나님께로 가는 길을 닦아놓으셨다.
당신은 이제 그리스도 덕택에 하늘의 하나님께
마음 놓고 갈 수 있게 되었다.
남은 것은 당신의 결단뿐이다.《회개했는가》

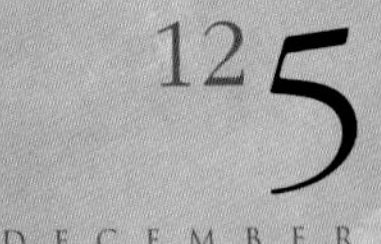

또 충성된 증인으로 죽은 자들 가운데서 먼저 나시고 땅의 임금들의 머리가 되신 예수 그리스도로 말미암아 은혜와 평강이 너희에게 있기를 원하노라 우리를 사랑하사 그의 피로 우리 죄에서 우리를 해방하시고 | 계 1:5 |

JANUARY

1 26

주변 사람들에게 얼마나 성질내고
잔인한 말을 했는지 떠올려보라.
우리의 지난 죄를 마치 비디오처럼 떠올려보라.
성질 부렸던 그 일을 모두 기억하라.
그리고 그 죄를 토설하라. 《십자가》

만일 우리가 우리 죄를 자백하면 저는 미쁘시고 의로우사 우리 죄를 사하시며
모든 불의에서 우리를 깨끗케 하실 것이요 | 요일 1:9 |

당신이 아무리 많은 죄를 짓고

고의적이고 흉측한 죄를 지었어도

하나님께서는 그 모든 죄를 용서해주실 준비를 끝내셨다.

그러므로 이제 당신만 돌아오면 된다.《회개했는가》

12 4

DECEMBER

주의 약속은 어떤이의 더디다고 생각하는 것 같이 더딘 것이 아니라
오직 너희를 대하여 오래 참으사
아무도 멸망치 않고 다 회개하기에 이르기를 원하시느니라 | 벧후 3:9 |

JANUARY 1 27

지금 당신의 믿음을 리트머스 시험지로 판별해보라.
자신 안에 그리스도가 없으면 믿음이 없는 것이다.
2천 년 전에 나를 위해 오셔서 죽으시고
부활하신 예수 그리스도가 자기 속에 있지 않다면
버림받은 자이다.《십자가》

너희가 믿음에 있는가 너희 자신을 시험하고 너희 자신을 확증하라 예수 그리스도께서 너희 안에 계신 줄을 너희가 스스로 알지 못하느냐 그렇지 않으면 너희가 버리운 자니라 | 고후 13:5 |

당신의 결단이 무엇인가?

회개하고 살려는 것인가, 회개하지 않고 죽으려는 것인가?

세상과 육신의 즐거움보다 천국이 더 좋다면

지금 즉시 그것들을 버리고, 더 나은 나라를 구하라. 《회개했는가》

12 3

DECEMBER

그러므로 우리가 진동치 못할 나라를 받았은즉 은혜를 받자 이로 말미암아

경건함과 두려움으로 하나님을 기쁘시게 섬길지니 | 히 12:28 |

내 속에 부활하신 예수 그리스도가 있는가,
내 자아만 있는가? 내 유익을 챙기는 마음만 있는가?
내 상처와 아픔만을 챙기려는 마음이 있는가?
내 마음의 문패에 예수 그리스도의 이름이 새겨져 있는가?
단지 나는 습관만을 좇아 신앙생활 하고 있는가?《십자가》

내가 이르노니 너희는 성령을 좇아 행하라 그리하면 육체의 욕심을 이루지 아니하리라 | 갈 5:16 |

어느 하나가 좋다면 다른 것도 받아들여야 한다!
죄와 지옥은 결코 분리되지 않기 때문이다.
죄를 가지고 싶다면 지옥도 가져야 한다!《회개했는가》

마땅히 두려워할 자를 내가 너희에게 보이리니 곧 죽인 후에
또한 지옥에 던져 넣는 권세 있는 그를 두려워하라
내가 참으로 너희에게 이르노니 그를 두려워하라 | 눅 12:5 |

12 2
DECEMBER

JANUARY 1 29

행실의 열매를 보면 그 사람을 안다.
당신의 행실의 열매는 어디 있는가?
당신 자신의 구원의 열매를 보여라!
당신 속에 부활하신 그리스도가 살아 계시는가?
그렇다면 당신 속에 살아 계신
그리스도의 행실을 보여달라!《십자가》

나무는 각각 그 열매로 아나니 가시나무에서 무화과를, 또는 찔레에서 포도를 따지 못하느니라 | 눅 6:44 |

당신의 양심이 당신 죄를 불평하고 있지 않은가?
당신의 썩어 없어질 육신보다
영혼을 기쁘게 해야 한다고
양심이 힘껏 주장하고 있지 않은가?《회개했는가》

가라사대 때가 찼고 하나님 나라가 가까왔으니 회개하고 복음을 믿으라 하시더라 | 막 1:15 |

DECEMBER

JANUARY 1 30

우리의 구체적인 죄가
예수 그리스도를 죽였다는 사실을 깨달으라.
이 사실에 마음이 찔려 회개할 때
죄 사함의 은혜를 누리게 된다.
이런 회개를 할 때 하나님께서 주시는 복을 생각하라.《십자가》

그러므로 내가 스스로 한하고 티끌과 재 가운데서 회개하나이다 | 욥 42:6 |

11 NOVEMBER

30

당신이 그렇게도 생각하는 그 육신이야말로
가장 지독하고 위험한 원수이다.
성령을 따라 살지 않고 육신을 따라 살 때,
육신의 응석을 한껏 받아줄 때, 육신을 우상으로 섬길 때
당신은 영원한 형벌을 면하지 못할 것이다.

저희의 마침은 멸망이요 저희의 신은 배요 그 영광은 저희의 부끄러움에 있고 땅의 일을 생각하는 자라 | 빌 3:19 |

JANUARY 1 31

우리에게 왜 회개가 터져 나오지 않는가?

하나님이 우리에게 주신 은혜에 감사하지 않기 때문이다.

죄 중에 가장 큰 죄가 무엇인가?

감사하지 않는 것이다.《십자가》

너희는 이르기를 우리의 구원의 하나님이여 우리를 구원하여 만국 가운데서 건져내시고 모으시사 우리로 주의 성호를 감사하며 주의 영예를 찬양하게 하소서 할지어다 | 대상 16:35 |

11 NOVEMBER

29

사탄은 당신의 죄와 사망을 기뻐한다.
그것이 사탄의 궁극적인 목표이기 때문이다.
그러므로 계속 죄를 짓는 것보다
사탄을 더 기쁘게 할 방도는 없다.

너희 자신을 종으로 드려 누구에게 순종하든지 그 순종함을 받는 자의 종이 되는 줄을 너희가 알지 못하느냐
혹은 죄의 종으로 사망에 이르고 혹은 순종의 종으로 의에 이르느니라 | 롬 6:16 |

2 FEBRUARY

1

이 얼마나 애통하고 원통한 일인가?
교인들은 십자가에 대한 감격도 없이
교회로 출근하는 사람들이 되었다.
'십자가'라는 단어를 들어도 맨송맨송한 사람이 되었다.
십자가에 대한 감격이 없으면 그 모든 것이 헛것이다.

무리와 제자들을 불러 이르시되 아무든지 나를 따라오려거든
자기를 부인하고 자기 십자가를 지고 나를 좇을 것이니라 | 막 8:34 |

11 NOVEMBER

28

기름 없이 등잔불이 탈 수 있겠는가?
견고한 토대 없이 집을 건축할 수 있는가?
마찬가지로 하나님께서 지탱해주지 않으시면
당신은 단 일초라도 살아갈 수 없다.

나의 영혼이 잠잠히 하나님만 바람이여 나의 구원이 그에게서 나는도다
오직 저만 나의 반석이시요 나의 구원이시요 나의 산성이시니 내가 크게 요동치 아니하리로다 | 시 62:1,2 |

2 FEBRUARY

2

예수님은 우리를 위해 예수님의 살을 주셨다.
또 예수님의 피를 우리에게 주셨다.
예수님은 자신의 살점을 떼어주시고 피를 흘려주셨다.
우리를 살리기 위해
예수님의 건강과 생명을 그냥 주신 것이다.

너희와 모든 이스라엘 백성들은 알라 너희가 십자가에 못 박고 하나님이 죽은 자 가운데서 살리신 나사렛 예수 그리스도의 이름으로 이 사람이 건강하게 되어 너희 앞에 섰느니라 | 행 4:10 |

11 NOVEMBER
27

하나님의 이 모든 자비와 인내가 무엇을 말하는가?
당신의 멸망을 기뻐하지 않으신다는 것을
보여주고 있지 않은가?

너희는 옷을 찢지 말고 마음을 찢고 너희 하나님 여호와께로 돌아올지어다 그는 은혜로우시며 자비로우시며 노하기를 더디하시며 인애가 크시사 뜻을 돌이켜 재앙을 내리지 아니하시나니 | 욜 2:13 |

2 FEBRUARY

3

당신이 가장 지키고 싶은 것이 무엇인가?
봉급을 조금 덜 받더라도 자존심은 지키고 싶어 하지 않는가?
자존심에 상처가 나는 일은 절대 참지 않는다.
그러나 예수님은 나와 당신의 죄를 속하기 위해
자존심을 버리셨다.

희롱을 다 한 후 홍포를 벗기고 도로 그의 옷을 입혀 십자가에 못 박으려고 끌고 나가니라 | 마 27:31 |

11 NOVEMBER

26

하나님께서 악인의 회개와 생명보다
죽음을 더 기뻐하신다면,
회개하고 돌아오라고
그렇게 자주 명령하지 않으셨을 것이다.

내가 너희에게 이르노니 이와 같이 죄인 하나가 회개하면
하늘에서는 회개할 것 없는 의인 아흔 아홉을 인하여 기뻐하는 것보다 더하리라 | 눅 15:7 |

2 FEBRUARY

4

우리 사회는 지금 실적 중심으로 돌아가고 있다.
그러나 예수님은 우리가 죄인이었을 때 우리를 위해 죽으셨다.
아무 실적도 없고 사고 친 현행범이었을 때,
우리를 위해 죽어주신 일에 대해
어떻게 감사하지 않을 수 있는가?

우리가 아직 죄인 되었을 때에 그리스도께서 우리를 위하여 죽으심으로
하나님께서 우리에게 대한 자기의 사랑을 확증하셨느니라 | 롬 5:8 |

11 NOVEMBER

25

우리를 경악하게 하는 최악의 상황은
교회 안팎의 수많은 사람들이
처음부터 거짓말쟁이였던 사탄을 하나님 자리에 놓고,
실로 참람하게도 사탄의 말을 믿고 신뢰하면서
하나님 말씀을 믿고 있다고 생각한다는 사실이다.

너희가 무익한 거짓말을 의뢰하는도다 | 렘 7:8 |

2 FEBRUARY

5

우리가 예수를 죽인 것에 대해,

우리가 감사를 모르고 살아온 것에 대해

"우리가 어떻게 하면 좋겠는가?"라는 반응이 나와야 한다.

예수 그리스도의 십자가에 대해 감사치 않은

자신의 죄에 대해 "어찌할꼬?" 하는 사람마다

반드시 회개해야 한다.

저희가 이 말을 듣고 마음에 찔려 베드로와 다른 사도들에게 물어 가로되 형제들아 우리가 어찌할꼬 하거늘 | 행 2:37 |

11 NOVEMBER 24

아! 지금 이 순간 마음을 찢는 슬픔이
거센 파도처럼 밀려오는 이유가 무엇인가?
죄와 비참함이 인류에 처음 들어온 그때처럼
오늘 대부분의 사람들이 하나님의 말씀을 믿기보다
사탄의 말을 믿기 때문이다.

너희는 귀를 기울이고 내게 나아와 들으라 그리하면 너희 영혼이 살리라
내가 너희에게 영원한 언약을 세우리니 곧 다윗에게 허락한 확실한 은혜니라 | 사 55:3 |

2 FEBRUARY
6

성경 읽기 싫고, 기도하기 싫고,
주님과 대화하기 싫은가?
그렇다면 당신 안에는 십자가에 대한 감격이 없다는 말이다.
십자가로 말미암아 내가 살았고
십자가와 더불어 죽었다는 감격이 없는 것이다.

우리는 십자가에 못 박힌 그리스도를 전하니
유대인에게는 거리끼는 것이요 이방인에게는 미련한 것이로되 | 고전 1:23 |

11 NOVEMBER

23

하나님께서는 생명을 약속하신다.
그러나 사탄도 생명을 약속한다.
하나님의 약속은 "회개하면 살리라!" 이지만,
사탄의 약속은 "회개하지 않아도 살리라!" 이다.

만일 악인이 돌이켜 그 악에서 떠나 법과 의대로 행하면 그가 그로 인하여 살리라 | 겔 33:19 |

2 FEBRUARY

7

예수님은 우리를 위해 몸 버려 피 흘려주셨는데, 우리는 예수님이 고쳐주신 열 명의 문둥병자 중 예수님께 감사하지 않은 아홉과 무엇이 다른가?

예수의 발 아래 엎드리어 사례하니 저는 사마리아인이라 예수께서 대답하여 가라사대 열 사람이 다 깨끗함을 받지 아니하였느냐 그 아홉은 어디 있느냐 이 이방인 외에는 하나님께 영광을 돌리러 돌아온 자가 없느냐 하시고

| 눅 17:16-18 |

11 NOVEMBER 22

회개하지 않아 구원받지 못하면, 그때는 치료제가 없으며
영원한 형벌을 모면하지 못한다는 것을 명심하라.
구원과 멸망 사이에 중간 지대는 없다.
당신은 반드시 살든지 반드시 죽든지
한길로 가게 될 것이다!

그러므로 어디서 떨어진 것을 생각하고 회개하여 처음 행위를 가지라
만일 그리하지 아니하고 회개치 아니하면 내가 네게 임하여 네 촛대를 그 자리에서 옮기리라 | 계 2:5 |

2 FEBRUARY

8

조심하라. 우리가 했다, 내가 했다고 말하면
그 시간부터 죽음이다.
성령님이 하셨고 내 속에 예수님이 하게 하셨지
우리는 한 게 없다.
예수님이 그런 마음을 주셔서 했지
우리 힘으로는 못한다.

내가 너희 중에서 예수 그리스도와 그가 십자가에 못 박히신 것 외에는
아무 것도 알지 아니하기로 작정하였음이라 | 고전 2:2 |

11 NOVEMBER

21

성경이 말하는 회개는
삶의 주인과 행로와 목표를 완전히 바꾸는 것이다.
이전과는 정반대의 길에 시선을 두고
지금까지 한 번도 보지 못했던 삶을 위해
모든 것을 행하는 것이다.

그러나 악인이 만일 그 행한 모든 죄에서 돌이켜 떠나 내 모든 율례를 지키고
법과 의를 행하면 정녕 살고 죽지 아니할 것이라 | 겔 18:21 |

2 FEBRUARY

9

예수 잘 믿는 사람일수록 매일 자신을 십자가에 못 박는다.
'나는 소중한 사람이야'라고 생각하는 사람과
평생 한번 살아보라.
당장 노예생활이 시작될 것이다.

형제들아 내가 그리스도 예수 우리 주 안에서 가진바
너희에게 대한 나의 자랑을 두고 단언하노니 나는 날마다 죽노라 | 고전 15:31 |

11 NOVEMBER

20

자기가 아픈 줄 모르는 사람이 어찌 의사를 찾아가겠는가?
당신의 비참한 상태에 대해 자꾸 말하는 까닭은
당신을 정말로 비참하게 만들기 위해서가 아니라
당신을 다그쳐 하나님의 자비를 갈망하게 하기 위함이다.

예수께서 대답하여 가라사대 건강한 자에게는 의원이 쓸데 없고 병든 자에게라야 쓸데 있나니 | 눅 5:31 |

2 FEBRUARY

10

"나는 나의 은인 때문에 강도의 위험이나
굶고, 헐벗고, 감옥에 가는 것쯤은 아무렇지도 않다!
동남풍아 불어라, 서북풍아 불어라. 내가 가리라!"라는
엄청난 기상을 가진 사람이 되어야 한다.
생명의 은인을 위해 무슨 짓을 못하겠느냐는 말이다.

마리아는 지극히 비싼 향유 곧 순전한 나드 한 근을 가져다가
예수의 발에 붓고 자기 머리털로 그의 발을 씻으니 향유 냄새가 집에 가득하더라 | 요 12:3 |

11 NOVEMBER
19

하나님께서 당신을 위해 자비의 문을 열어놓으셨는데
스스로 그 문을 도로 닫으려 하는 까닭이 무엇인가?
회개를 촉구하는 그 말씀이 당신 입맛에 맞지 않고
귀에도 몹시 거슬려서가 아닌가?

화 있을찐저 저희가 나를 떠나 그릇 갔음이니라 패망할찐저 저희가 내게 범죄하였음이니라
내가 저희를 구속하려 하나 저희가 나를 거스려 거짓을 말하고 | 호 7:13 |

2 FEBRUARY

11

예수의 사랑이 우리를 강권하실 때
우리는 몸의 사욕에 순종치 않게 된다.
기도하지 말라고 해도 기도하고,
성경 보지 말라고 해도 성경을 보고,
이웃을 위해 중보하지 말라고 해도 중보하게 되는 것이다.

그리스도의 사랑이 우리를 강권하시는도다 우리가 생각건대
한 사람이 모든 사람을 대신하여 죽었은즉 모든 사람이 죽은 것이라 | 고후 5:14 |

11 NOVEMBER

18

인간이 자의로 죄를 범함으로써 자신을 내팽개쳐버린 한,

하나님께서는 인간에게 구세주를 보낼 의무가 없으셨다.

그러나 하나님께서는 기꺼이 그렇게 하심으로써

한량없는 자비를 보여주셨다.

여호와께서 그의 앞으로 지나시며 반포하시되 여호와로라 여호와로라

자비롭고 은혜롭고 노하기를 더디하고 인자와 진실이 많은 하나님이로라 | 출 34:6 |

2 FEBRUARY

12

십자가의 은혜의 배터리로 탐심을 컨트롤할 수 있게 된다.
십자가에서 나의 정욕의 사람이 죽었다는 감격이 없이는
세상의 유혹에 굴복하는 사람이 된다.
십자가에서 내가 죽어야
명예와 성공의 유혹도 죽일 수 있다.

그러므로 땅에 있는 지체를 죽이라 곧 음란과 부정과 사욕과 악한 정욕과 탐심이니 탐심은 우상 숭배니라 | 골 3:5 |

11 NOVEMBER
17

당신 마음을 잘 살펴라.
당신이 회개했는지 그렇지 않은지
확실히 알 수 있을 때까지 면밀히 살펴라.
그래서 당신이 회개했음을 확신했다면
기뻐하며 그 길로 계속 나아가라.

여호와의 산에 오를 자 누구며 그 거룩한 곳에 설 자가 누군고 곧 손이 깨끗하며 마음이 청결하며
뜻을 허탄한데 두지 아니하며 거짓 맹세치 아니하는 자로다 | 시 24:3,4 |

2 FEBRUARY

13

십자가와 부활에 대한 감격이 있는 사람은
그 사람 개인의 인격이 변화될 뿐만 아니라
가정생활도 변화한다.
십자가의 은혜로 자아가 죽으면
가정이 변화되고 남편과 아내 사이에도 변화가 일어난다.

아내들아 남편에게 복종하라 이는 주 안에서 마땅하니라 남편들아 아내를 사랑하며 괴롭게 하지 말라 자녀들아 모든 일에 부모에게 순종하라 이는 주 안에서 기쁘게 하는 것이니라 아비들아 너희 자녀를 격노케 말지니 낙심할까 함이라

| 골 3:18-21 |

11 NOVEMBER
16

사나흘 정도만 머리가 아파도
수심 가득한 얼굴로 의사를 찾아가는 당신이 아닌가?
그러면서 당신의 영원한 운명이 달린 이 문제를
방치하는 까닭이 무엇인가?

내가 지금 기뻐함은 너희로 근심하게 한 까닭이 아니요 도리어 너희가 근심함으로 회개함에 이른 까닭이라
너희가 하나님의 뜻대로 근심하게 된 것은 우리에게서 아무 해도 받지 않게 하려 함이라 | 고후 7:9 |

2 FEBRUARY

14

십자가에 감격한 사람은 일하라 마라 할 필요가 없다.
자기가 알아서 하나님 앞에서 성실하게 일한다.
자기 안에 십자가가 정리된 사람은
사람 앞에서 일하지 않고 하나님 앞에서 성실히 일한다.
하나님의 불꽃같은 눈앞에서 일한다.

주의 구원의 즐거움을 내게 회복시키시고 자원하는 심령을 주사 나를 붙드소서 | 시 51:12 |

11 NOVEMBER

15

만일 내가 회개했다면
당연히 삶에 기쁨이 넘칠 것이다.
은혜로우신 주님을 영화롭게 하며
면류관을 받을 때까지 편한 마음으로
이 길을 가려할 것이다.

내가 저의 원수에게는 수치로 입히고 저에게는 면류관이 빛나게 하리라 하셨도다 | 시 132:18 |

2 FEBRUARY

15

기독교는 세상을 이기는 효용이 있다.
역경과 고난을 이기고 난관을 돌파하는 힘이 있다.
우리 신앙이 판가름 나는 것도
바로 위기 시에 어떤 면모를 보이느냐에 달렸다.
그때 우리에게 신앙이 있는지 없는지 판단할 수 있을 것이다.

그가 이러한 영을 받아 저희를 깊은 옥에 가두고 그 발을 착고에 든든히 채웠더니 밤중쯤 되어 바울과 실라가 기도하고 하나님을 찬미하매 죄수들이 듣더라 이에 홀연히 큰 지진이 나서 옥터가 움직이고 문이 곧 다 열리며 모든 사람의 매인 것이 다 벗어진지라 | 행 16:24-26 |

11 NOVEMBER

14

하나님께서는 죽었던 사람을 다시 세상에 보내거나
자신이 정한 방법을 변경하면서까지
당신의 비위를 맞춰주는 분이 결코 아니시다.
태양이 어둡다고 불평하는 사람의 비위를 맞추기 위해
더 밝은 빛을 만들어주시지 않는다.

이뿐 아니라 너희와 우리 사이에 큰 구렁이 끼어 있어
여기서 너희에게 건너가고자 하되 할 수 없고 거기서 우리에게 건너 올 수도 없게 하였느니라 | 눅 16:26 |

2 FEBRUARY

16

하나님께서는 시험을 능히 감당하게 하신다.
그리스도인은 고난에서 열외가 되는 것이 아니다.
피할 길을 주시고 능히 감당하게 해주신다.
슬럼프가 없는 게 아니라
슬럼프를 이기게 하시는 하나님을 찬양해야 한다.

사람이 감당할 시험밖에는 너희에게 당한 것이 없나니 오직 하나님은 미쁘사 너희가 감당치 못할 시험 당함을 허락지 아니하시고 시험 당할 즈음에 또한 피할 길을 내사 너희로 능히 감당하게 하시느니라 | 고전 10:13 |

11 NOVEMBER 13

당신의 눈이 영적인 것들을 분별할 만큼 활짝 열려
지옥을 볼 수 있다면 어떨까?
누가복음에 나오는 부자가 땅에 있는 자기 형제들이
고통의 장소에 오지 않게 경고해주기를 원했던 것처럼
당신의 이웃들에게 가서 엄중히 경고할 것이다.

가로되 모세와 선지자들에게 듣지 아니하면
비록 죽은 자 가운데서 살아나는 자가 있을지라도 권함을 받지 아니하리라 하였다 하시니라 | 눅 16:31 |

2 FEBRUARY

17

구원받은 사람은 기도할 수 없는 환경에서도 기도하고,
찬송할 수 없는 상황에서도 찬송이 터져 나온다.
고난의 깊은 밤에 기도하고
찬양할 수 있는 능력이 나오도록 하기 위해 예수 믿는 것이다.
고난과 환난에도 압도되지 않기 위해 예수 믿는 것이다.

우리의 모든 환난 중에서 우리를 위로하사 우리로 하여금 하나님께 받는 위로로써
모든 환난 중에 있는 자들을 능히 위로하게 하시는 이시로다 | 고후 1:4 |

11 NOVEMBER
11

하나님께서 당신을 쫓아내신 게 아니라
당신이 하나님을 버리고
하나님으로부터 도망쳤다는 것을 누구보다 잘 알고 있다.
하나님께서는 당신을 부르셨지만
당신은 가려고 하지 않았다.

만군의 여호와가 이르노라 너희 열조의 날로부터 너희가 나의 규례를 떠나 지키지 아니하였도다 그런즉 내게로 돌아오라 그리하면 나도 너희에게로 돌아가리라 하였더니 너희가 이르기를 우리가 어떻게 하여야 돌아가리이까 하도다 | 말 3:7 |

2 FEBRUARY
19

캄캄한 흑암의 골짜기 앞에서도
찬양할 수 있는 것이 기독교의 능력이다.
흑암 중에 빛이 없을 때에라도
하나님을 의지하게 만드는 것이 기독교 신앙이다.
하나님을 의지하여 어둠에서 빠져나오는 것이 기독교 신앙이다.

내가 환난에서 여호와께 아뢰며 나의 하나님께 부르짖었더니
저가 그 전에서 내 소리를 들으심이여 그 앞에서 나의 부르짖음이 그 귀에 들렸도다 | 시 18:6 |

11 NOVEMBER
10

당신은 회개하는 즉시 그리스도의 살아 있는 지체가 될 것이며,
그분께 관심을 쏟게 될 것이다.
하나님의 형상을 따라 새로워지고
하나님의 모든 은혜로 아름답게 꾸며질 것이며,
천국의 새로운 생명으로 소생할 것이다.

그러므로 너희가 회개하고 돌이켜 너희 죄 없이 함을 받으라
이같이 하면 유쾌하게 되는 날이 주 앞으로부터 이를 것이요 | 행 3:19 |

2 FEBRUARY

20

하나님이 주시는 평안은 세상이 주는 것 같지 않다.
로또 당첨이 가져다주는 평안이 아니다.
세상이 주지 못하는 평안을 하나님께서 주시기 때문에
깊은 밤 감옥에서도 찬양할 수 있다.
찬송할 수 없는 상황에서 찬송이 터져 나오고
기도할 수 없는 환경에서 기도가 터져 나온다.

이것을 너희에게 이름은 너희로 내 안에서 평안을 누리게 하려함이라
세상에서는 너희가 환난을 당하나 담대하라 내가 세상을 이기었노라 하시니라 | 요 16:33 |

11 NOVEMBER

9

전에는 육신과 자아의 욕구를 만족시키고
거스르지 않는 선에서만 하나님을 기쁘시게 하려고 했지만,
이제는 하나님을 기쁘시게 하는 일이라면
그것이 육신과 자아를 거스른다 해도 서슴지 않을 것이다.

이로써 그 보배롭고 지극히 큰 약속을 우리에게 주사 이 약속으로 말미암아
너희로 정욕을 인하여 세상에서 썩어질 것을 피하여 신의 성품에 참예하는 자가 되게 하려 하셨으니 | 벧후 1:4 |

2 FEBRUARY

21

회개하라! 그리고 죄 사함을 받으라!

그럴 때 예수께서 당신의 주인님이 되어주실 것이다.

그동안 당신 인생을 당신 혼자 고군분투하며 살았다면

이제 예수께서 주인님이 되어주셔서

당신을 모든 문제에서 구원해주실 것이다.

고난의 한밤에도 찬양하는 사람으로 만들어주실 것이다.

이스라엘로 회개케 하사 죄 사함을 얻게 하시려고 그를 오른손으로 높이사 임금과 구주를 삼으셨느니라 | 행 5:31 |

11 NOVEMBER
8

전에는 조금도 생각하지 않던 그리스도를
유일한 소망과 피난처로 삼는다.
날마다 밥을 먹고 살듯 그리스도를 힘입어 산다.
주님 없이는 기도하지도 기뻐하지도
생각하지도 말하지도 살지도 못한다.

그 때에 너희는 그리스도 밖에 있었고 이스라엘 나라 밖의 사람이라 약속의 언약들에 대하여 외인이요 세상에서 소망이 없고 하나님도 없는 자이더니 | 엡 2:12 |

2 FEBRUARY

22

예수님의 말씀이 항상 결론인가?
예수님의 말씀이 자기 인생의 결론이 아니라면
당신은 왜 자신이 예수를 믿는다고 착각하는가?
자기 경험에 늘 '아멘' 하고 살면서,
예수님의 말씀은 늘 코너에 몰려 있는데
어떻게 예수님이 당신의 주인님이 될 수 있는가?

이제는 우리 구주 그리스도 예수의 나타나심으로 말미암아 나타났으니
저는 사망을 폐하시고 복음으로써 생명과 썩지 아니할 것을 드러내신지라 | 딤후 1:10 |

11 NOVEMBER 7

전에는 육신의 욕심을 하나님 앞에 놓았지만,
이제 하나님을 귀히 여기며 가장 앞자리에 세운다.
전에는 무시했던 하나님을 자신의 유일한 행복으로 여기며,
그분을 섬기고 말씀을 준행하는 데 전념한다.

만군의 여호와의 말씀에 네가 만일 내 도를 준행하며 내 율례를 지키면 네가 내 집을 다스릴 것이요
내 뜰을 지킬 것이며 내가 또 너로 여기 섰는 자들 중에 왕래케 하리라 | 슥 3:7 |

2 FEBRUARY

23

천국은 회개해야 들어갈 수 있다.
회개 없이 적당히 눈치보고
적당히 끼어서 갈 수 있는 곳이 아니다.
형식적인 회개를 했다고 들어갈 수 있는 곳이 아니다.

가라사대 진실로 너희에게 이르노니 너희가 돌이켜 어린아이들과 같이 되지 아니하면
결단코 천국에 들어가지 못하리라 | 마 18:3 |

11 NOVEMBER 6

육신의 자아自我로부터 돌아서야 한다!

이것이 바로 회개하지 않은 모든 죄인들의 목표이다.

하나님보다 자기를 더 기쁘게 해달라고

지금 이 순간에도 보채는 육신으로부터 돌아서야 한다.

육신을 좇는 자는 육신의 일을, 영을 좇는 자는 영의 일을 생각하나니 | 롬 8:5 |

2 FEBRUARY

24

보혈의 강에 들어가 그 죄를 씻지 않으면
하나님의 진노밖에는 받을 것이 없다.
일본이 진주만을 폭격하듯이,
하나님의 진노가 우리를 폭격하고 있다.
우리는 어디로부터 구출함을 받아야 하는가?
바로 하나님의 진노로부터 구출함을 받아야 한다.

누구든지 헛된 말로 너희를 속이지 못하게 하라 이를 인하여
하나님의 진노가 불순종의 아들들에게 임하나니 | 엡 5:6 |

11 NOVEMBER

5

회개는 당신이 하나님 앞에서
영원히 죽을 수밖에 없는 죄인이라는 것을 진정으로 자백하고
그리스도의 십자가 공로로 말미암은
용서의 은혜를 받아들이는 것이다.

영접하는 자 곧 그 이름을 믿는 자들에게는 하나님의 자녀가 되는 권세를 주셨으니 | 요 1:12 |

2 FEBRUARY

25

예수님이 당신의 주인님인가?
예수님이 주인님이 아니라면 예수님이 당신의 하인인가?
당신이 구원받았다고 쉽게 선언해준 말들을 지금 다 잊어라.
예수님을 자신의 주인님으로 대접해본 일도 없으면서
"주여!" 라고 함부로 부르지 말라.

만일 누가 너희에게 왜 이리 하느냐 묻거든 주가 쓰시겠다 하라 그리하면 즉시 이리로 보내리라 하시니 | 막 11:3 |

11 NOVEMBER

4

회개하고 구원받기를 진정으로 원한다면,
보편적인 은혜의 수단인 하나님의 말씀을 주목하라.
성경을 읽거나 성경을 적용하는 신앙서적들을 읽어라.
성경말씀을 전하는 설교를 경청하라.

마땅히 율법과 증거의 말씀을 좇을지니 그들의 말하는 바가 이 말씀에 맞지 아니하면
그들이 정녕히 아침 빛을 보지 못하고 | 사 8:20 |

2 FEBRUARY

26

무엇이 우리를 구원해주는가?

누가 우리를 구원해주는가?

우리가 피할 수 있는 방공호가 어디인가?

우리는 예수님 안으로 피해야 한다.

우리 주 예수 그리스도께서 우리를 구원해주신다.

우리가 항상 예수 죽인 것을 몸에 짊어짐은 예수의 생명도 우리 몸에 나타나게 하려 함이라 | 고후 4:10 |

11 NOVEMBER
3

전에 함께 죄를 도모했던 불필요한 인간관계를 즉각 청산하라.
대신에 주님을 경외하는 사람들과 친밀하게 교제하며
그들에게 천국으로 향하는 길을 물어라.

복 있는 사람은 악인의 꾀를 좇지 아니하며 죄인의 길에 서지 아니하며
오만한 자의 자리에 앉지 아니하고 | 시 1:1 |

2 FEBRUARY

27

예수 생명의 능력은
일흔 번씩 일곱 번이라도 용서하는 데 있다.
예수 생명의 능력은 상처받지 않는 것이다.
예수님이 언제 상처받았다고 하는가?
예수님은 자존심 상했다고 하신 적이 한 번도 없다.

만일 하루 일곱번이라도 네게 죄를 얻고
일곱번 네게 돌아와 내가 회개하노라 하거든 너는 용서하라 하시더라 | 눅 17:4 |

11 NOVEMBER

2

돌이켜 살기를 진정으로 원한다면,
지체하지 말고 지금 즉시 회개하라.
오늘 회개하지 않으면 내일도 못할 것이요,
그러면 앞으로도 계속 할 수 없을 것이다.

그러므로 네가 어떻게 받았으며 어떻게 들었는지 생각하고 지키어 회개하라 만일 일깨지 아니하면 내가 도적 같이 이르리니 어느 시에 네게 임할는지 네가 알지 못하리라 | 계 3:3 |

2 FEBRUARY

28

예수 생명의 능력은 다른 사람들을 불쌍히 여기는 데 있다.
매일 자기 자신만 응시하는 것이 아니라
주변 사람들을 어떻게 섬길지 바라보는 것이다.
내가 몸담고 있는 공동체를
어떻게 섬길지 고민하는 것이다.

피차 사랑의 빚 외에는 아무에게든지 아무 빚도 지지 말라 남을 사랑하는 자는 율법을 다 이루었느니라 | 롬 13:8 |

11 NOVEMBER

1

회개는 가던 길에서 즉시 돌아서
전혀 다른 목적지를 향해 완전히 다른 길로
여정을 새롭게 다시 시작하는 것이다.

그 길을 피하고 지나가지 말며 돌이켜 떠나갈지어다
악인의 길은 어둠 같아서 그가 거쳐 넘어져도 그것이 무엇인지 깨닫지 못하느니라 | 잠 4:15,19 |

2 FEBRUARY

29

우리가 어떤 회개를 해야 하는가?
바로 '생명 얻는 회개'를 해야 한다.
우리는 모두 허물이 있고 죄가 있고 게으르다.
그러니까 괜한 고집을 피우며
회개하지 않는 어리석음을 범하지 말기 바란다.

저희가 이 말을 듣고 잠잠하여 하나님께 영광을 돌려 가로되
그러면 하나님께서 이방인에게도 생명 얻는 회개를 주셨도다 하니라 | 행 11:18 |

OCTOBER 10 31

악인은 하나님을 세상의 쓰레기 옆에 갖다놓는다.
악인은 세상과 절교하면서까지
하늘을 얻을 마음이 추호도 없기 때문에
육신의 즐거움을 빼앗기느니 차라리 하나님을 버린다. 《회개했는가》

나 주 여호와가 말하노라 네가 이 모든 일을 행하니 이는 방자한 음부의 행위라 네 마음이 어찌 그리 약한지
네가 누를 모든 길 머리에 건축하며 높은 대를 모든 거리에 쌓고도 값을 싫어하니 창기 같지도 않도다 | 겔 16:30,31 |

3 1

MARCH

하나님이 없고 영적 지각이 없는 사람은

왜 스스로 자아自我의 문제를 해결하지 못하는 것일까?

이것에 대한 해답을 알고 있는 종교는

오직 기독교뿐이다.《내 자아를 버려라》

이에 예수께서 제자들에게 이르시되 아무든지 나를 따라오려거든

자기를 부인하고 자기 십자가를 지고 나를 좇을 것이니라 | 마 16:24 |

OCTOBER

10 30

악인은 무엇보다 하나님을 사랑한다고 공언하지만, 그 마음이 하나님보다는 세상과 육신의 즐거움에 고정되어 있어서 하나님의 사랑의 능력을 결코 느끼지도 맛보지도 못한다.《회개했는가》

악인에게는 많은 슬픔이 있으나 여호와를 신뢰하는 자에게는 인자하심이 두르리로다 | 시 32:10 |

거듭나지 못한 인간은 자신의 자연적 자아와
이기심의 문제를 붙들고 계속 씨름할 수밖에 없다.
그들의 인간적 본성은 아담에게서 유래한다.
그러나 기쁘고 복된 성경의 교훈에 따르면,
사람들은 누구나 거듭나서 그리스도 안에서 새 사람이 될 수 있다.

《내 자아를 버려라》

여호와의 율법은 완전하여 영혼을 소성케 하고 여호와의 증거는 확실하여 우둔한 자로 지혜롭게 하며
여호와의 교훈은 정직하여 마음을 기쁘게 하고 여호와의 계명은 순결하여 눈을 밝게 하도다 | 시 19:7,8 |

OCTOBER

10 29

아직 회개하지 않은 자여, 지옥을 직접 느끼는 것보다는
지옥에 대해 듣는 게 낫지 않겠는가?
하나님 말씀에 불평을 멈추고 그 말씀에 굴복하라!
당신의 유익을 위해 그 말씀을 먹어라!

《회개했는가》

그들에게 이르되 내가 오늘날 너희에게 증거한 모든 말을 너희 마음에 두고 너희 자녀에게 명하여 이 율법의 모든 말씀을 지켜 행하게 하라 이는 너희에게 허사가 아니라 너희의 생명이니 이 일로 인하여 너희가 요단을 건너 얻을 땅에서 너희의 날이 장구하리라 | 신 32:46,47 |

3 3

MARCH

성경은 십자가에 못 박히고 변화되어
새 피조물이 되지 못한 것은 무엇이든지
반反그리스도적인 것이라고 가르친다.
주님 편에 서지 않는 자들은 모두
주님을 반대한다는 말씀이다.《내 자아를 버려라》

나와 함께 아니하는 자는 나를 반대하는 자요 나와 함께 모으지 아니하는 자는 헤치는 자니라 | 마 12:30 |

OCTOBER 10 28

지금은 당신이 귀를 틀어막고,
회개를 촉구하시는 하나님의 음성을 들으려 하지 않아도
하나님께서 강압적으로 듣게 하시지는 않는다.
하지만 장차 하나님의 두려운 심판 선고를
듣지 않을 수 없게 강압하실 것이다.《회개했는가》

그러므로 주 만군의 여호와 이스라엘의 전능자가 말씀하시되 슬프다
내가 장차 내 대적에게 보응하여 내 마음을 편케 하겠고 내 원수에게 보수하겠으며 | 사 1:24 |

이 세상에서 가장 단호한 책은
영감靈感으로 기록된 하나님의 말씀, 즉 성경이다.
세상 사람들에게 가르침을 베풀면서
동시에 그들에 대해 가장 관용하지 않으셨던 분이
바로 주 예수 그리스도이다.《내 자아를 버려라》

이러므로 내가 너희에게 말하기를 너희가 너희 죄 가운데서 죽으리라 하였노라
너희가 만일 내가 그인 줄 믿지 아니하면 너희 죄 가운데서 죽으리라 | 요 8:24 |

OCTOBER 10 27

그리스도께 굴복하지 않는 것은 회개가 아니다.
그리스도와 세상 사이에 양다리를 걸치는 것도 회개가 아니다.
어떤 죄와는 이별하고 어떤 죄와는 여전히 사귀는 것도
회개가 아니다.《회개했는가》

누구든지 자기 십자가를 지고 나를 따르지 않는 자도 능히 내 제자가 되지 못하리라 | 눅 14:27 |

3 5

MARCH

영적 원리를 확실히 세워야 할 상황이 벌어지면,
겁쟁이는 관용이라는 도피처로 도망한다.
그들이 이렇게 하는 것은
하나님 말씀의 가르침을 무시하거나
망각했기 때문이다. 《내 자아를 버려라》

내가 주의 법도를 영원히 잊지 아니하오니 주께서 이것들로 나를 살게 하심이니이다 | 시 119:93 |

OCTOBER

10 26

하나님께서는 악인에게 회개를 권고하신다.
명령하실 뿐만 아니라 설득하시고 또한 자신을 낮추어
"너희가 그렇게 죽으려고 하는 까닭이 무엇이냐?" 라고
자상하게 말을 건네신다.《회개했는가》

너희는 범한 모든 죄악을 버리고 마음과 영을 새롭게 할지어다
이스라엘 족속아 너희가 어찌하여 죽고자 하느냐 | 겔 18:31 |

참된 기독교는 '나'와 '나 자신'과 '나를'에 얽매여 있는
자아 중심적인 삶의 문제를 해결한다.
하나님의 영은 단호한 태도와 최종적인 파괴를 통해
이 문제를 해결하신다.《내 자아를 버려라》

이는 내게 사는 것이 그리스도니 죽는 것도 유익함이니라 | 빌 1:21 |

OCTOBER

10 25

하나님께서 기뻐하시는 것은 악인의 죽음이 아니라 그들이 돌이켜 생명을 얻는 것이라고 공언하신다. 심지어 하나님께서는 이를 맹세로 확증하신다.《회개했는가》

주 여호와의 말씀에 나의 삶을 두고 맹세하노니 나는 악인의 죽는 것을 기뻐하지 아니하고 악인이 그 길에서 돌이켜 떠나서 사는 것을 기뻐하노라 이스라엘 족속아 돌이키고 돌이키라 너희 악한 길에서 떠나라 어찌 죽고자 하느냐

| 겔 33:11 |

자아를 거부하고 회개하라!
그러면 자아에게 지배당하는 나라에서 도망하여
임마누엘의 나라로 넘어가 영적 승리와 복을 누리며
예수 그리스도의 십자가 군기軍旗 아래
기쁨으로 살아갈 수 있는 권리와 능력을 얻게 될 것이다.《내 자아를 버려라》

그가 우리를 흑암의 권세에서 건져내사 그의 사랑의 아들의 나라로 옮기셨으니 | 골 1:13 |

OCTOBER

10 24

하나님께서는 인간들을 꾸짖으신다.
반면 인간들은 자기들이 죄를 지어 벌을 받게 된 것이
하나님 때문이라고 불평한다.《회개했는가》

그런즉 인자야 너는 이스라엘족속에게 이르기를 너희가 말하여 이르되
우리의 허물과 죄가 이미 우리에게 있어 우리로 그중에서 쇠패하게 하니 어찌 능히 살리요 하거니와 | 겔 33:10 |

옛 사람, 즉 자아 중심적 옛 생활을
최종적으로 처리하는 방법은 무엇인가?
그것은 십자가 죽음과 부활을 통과하신
그리스도와 하나가 되는 것이다.《내 자아를 버려라》

그리하면 모든 지각에 뛰어난 하나님의 평강이 그리스도 예수 안에서 너희 마음과 생각을 지키시리라 | 빌 4:7 |

OCTOBER 10 23

생명으로 인도하는 문은 좁고 길이 협착하여
찾는 이가 적다면,
하나님께서는 그 소수의 사람들 속에서
영광을 받으시고 기뻐하실 것이다.《회개했는가》

좁은 문으로 들어가라 멸망으로 인도하는 문은 크고 그 길이 넓어 그리로 들어가는 자가 많고
생명으로 인도하는 문은 좁고 길이 협착하여 찾는 이가 적음이니라 | 마 7:13,14 |

3 9
MARCH

아무리 좋게 말한다 할지라도,
옛 자아의 지혜는 거짓된 가치에서 비롯된 것이며
그것 안에는 근본적으로 선한 것이 없다.《내 자아를 버려라》

저희가 하나님을 시인하나 행위로는 부인하니
가증한 자요 복종치 아니하는 자요 모든 선한 일을 버리는 자니라 | 딛 1:16 |

OCTOBER

10 22

당신이 지금까지 태만히 하고 무시했던
구원의 은혜를 간구하라.
당신의 심령이 완전히 변화될 때까지,
아니 변화된 이후에도
날마다 그 은혜를 따라 살게 해달라고 간구하라.《회개했는가》

여호와여 우리에게 은혜를 베푸소서 우리가 주를 앙망하오니
주는 아침마다 우리의 팔이 되시며 환난 때에 우리의 구원이 되소서 | 사 33:2 |

우리 안에는 새로운 자아,
즉 그리스도 안의 새 사람만이 살아야 한다.
이런 진리 위에 굳게 서서
우리는 우리 자신을 죄에 대해서는 죽은 자요
하나님께 대해서는 그리스도 예수 안에서 산 자로 여겨야 한다.

《내 자아를 버려라》

이와 같이 너희도 너희 자신을 죄에 대하여는 죽은 자요
그리스도 예수 안에서 하나님을 대하여는 산 자로 여길지어다 | 롬 6:11 |

OCTOBER 10 21

하나님의 뜻은 아무나 구원하는 것이 아니라
거룩한 자들을 구원하는 것이며,
아무나 심판하는 것이 아니라
거룩하지 않은 자들을 심판하는 것이다.《회개했는가》

나의 번쩍이는 칼을 갈며 내 손에 심판을 잡고 나의 대적에게 보수하며
나를 미워하는 자에게 보응할 것이라 | 신 32:41 |

3 11

MARCH

내 본성에 관한 한, 나는 아무것도 아니다.
나는 내 자신에 대해 아무것도 알지 못한다.
하나님이 보시기에 그분의 도움과 능력이 없이는
나는 아무것도 할 수 없고,
아무것도 가진 게 없다.《내 자아를 버려라》

나는 포도나무요 너희는 가지니 저가 내 안에, 내가 저 안에 있으면
이 사람은 과실을 많이 맺나니 나를 떠나서는 너희가 아무것도 할 수 없음이라 | 요 15:5 |

OCTOBER
10 20

당신의 마음을 악하게 하여
죄를 짓게 하는 친구들과의 교제를 중단했는가?
하나님의 말씀을 듣고 집으로 돌아와,
그 말씀과 자신의 상태와 영원한 것을 묵상하고 있는가?《회개했는가》

나의 영혼이 주의 구원을 사모하기에 피곤하오나 나는 오히려 주의 말씀을 바라나이다 | 시 119:81 |

3 12
MARCH

그리스도 예수 안에 있는 새 사람이 되면,
모든 것이 완전히 달라진다!
자신을 포기하고 예수님의 십자가와
죽음에 동참하는 것이 무엇인지를 깨달은 새 사람은
그리스도의 충만한 임재를 체험한다.《내 자아를 버려라》

너희도 그 안에서 충만하여졌으니 그는 모든 정사와 권세의 머리시라 | 골 2:10 |

환자가 자신을 치료할 수 없다는 이유로
일부러 독을 마시면 그 병이 낫겠는가?
죄가 망쳐놓은 것들을 당신 스스로 고칠 수 없다면
죄를 더욱 경계하고 죄 짓는 것을
더 억제해야 하지 않겠는가?《회개했는가》

이기기를 다투는 자마다 모든 일에 절제하나니 저희는 썩을 면류관을 얻고자 하되
우리는 썩지 아니할 것을 얻고자 하노라 | 고전 9:25 |

3 13
MARCH

십자가에 못 박히고 부활하신 구주께서
그의 중심을 차지하시고 정당한 권리를 행사하실 때
그의 옛 자아는 죽는다.
이제 그의 새 사람은
"그리스도께서 내 안에 사신다"라고 외치면서
믿음과 기쁨 가운데 평안을 누린다.《내 자아를 버려라》

하나님이 그들로 하여금 이 비밀의 영광이 이방인 가운데 어떻게 풍성한 것을 알게 하려 하심이라
이 비밀은 너희 안에 계신 그리스도시니 곧 영광의 소망이니라 | 골 1:27 |

OCTOBER

10 18

하나님께서 자비로운 음성으로
“귀 있는 자는 들어라!” 라고 부르시는 동안에
재빨리 순종하고 착실하게 회개함으로써
영원한 멸망의 형벌을 면하라. 《회개했는가》

혹 네가 하나님의 인자하심이 너를 인도하여 회개케 하심을 알지 못하여
그의 인자하심과 용납하심과 길이 참으심의 풍성함을 멸시하느뇨 | 롬 2:4 |

3 14

MARCH

하나님은 당신을 너무 사랑하시기 때문에
당신이 목에 힘을 주고 뽐내며 걸으면서
자기중심주의를 키우고 당신의 자아를 가꾸는 일을
계속하도록 허락하지 않으신다. 《내 자아를 버려라》

주 만군의 여호와께서 혁혁한 위력으로 그 가지를 꺾으시리니
그 장대한 자가 찍힐 것이요 높은 자가 낮아질 것이며 | 사 10:33 |

OCTOBER

10 17

방탕과 술 취함과 세상살이 걱정에 짓눌려
사악한 삶을 살다가 덫에 걸리듯 그날을 만나는 것보다는
구원을 확신하고 죽음을 준비하는 삶이
더 기쁘지 않겠는가?《회개했는가》

너희는 스스로 조심하라 그렇지 않으면 방탕함과 술취함과 생활의 염려로 마음이 둔하여지고
뜻밖에 그 날이 덫과 같이 너희에게 임하리라 | 눅 21:34 |

우리가 얼굴과 얼굴을 대하여 하나님을 보는 날까지,
그분의 이름이 우리의 이마에 기록되는 날까지,
그분은 그분의 소중한 자녀인 우리 안에서
그리스도의 형상을 이루는 일을 결코 쉬지 않으신다.《내 자아를 버려라》

우리가 흙에 속한 자의 형상을 입은 것같이 또한 하늘에 속한 자의 형상을 입으리라 | 고전 15:49 |

OCTOBER

10 16

아직도 회개하지 못한 이여,
진실로 자원하여 그리스도의 말씀을 듣고
하나님께 돌아오기만 하면
지금보다 훨씬 더 기쁜 삶을 살아가게 될 것이다.《회개했는가》

그러므로 우리가 긍휼하심을 받고 때를 따라 돕는 은혜를 얻기 위하여
은혜의 보좌 앞에 담대히 나아갈 것이니라 | 히 4:16 |

누군가 그리스도를 닮게 되었다 할지라도
그는 그것을 알지 못할 것이다.
변화되어 하나님을 닮은 사람은 겸손하기 때문이다.
참된 겸손은 자기를 들여다보지 않는다.《내 자아를 버려라》

지존무상하며 영원히 거하며 거룩하다 이름하는 자가 이같이 말씀하시되 내가 높고 거룩한 곳에 거하며 또한 통회하고 마음이 겸손한 자와 함께 거하나니 이는 겸손한 자의 영을 소성케 하며 통회하는 자의 마음을 소성케 하려 함이라

| 사 57:15 |

OCTOBER

10 15

하나님의 진노와 저주 아래 있다는 것을 알고 있는 한,
많은 재산을 소유해도 위안을 얻지 못하고,
친구들을 만나도 즐거워하지 못할 것이며,
세상 그 어디에서도 기뻐하지 못할 것이다.《회개했는가》

하나님은 이르시되 어리석은 자여 오늘밤에 네 영혼을 도로 찾으리니
그러면 네 예비한 것이 뉘 것이 되겠느냐 하셨으니 | 눅 12:20 |

당신은 무엇을 위해 기도하는가?
“나라이 임하옵시며”의 의미가
“주여, 제 나라가 사라지게 하시고,
하나님나라가 임하게 하소서”라고 뜻풀이를 해주어야
정신을 차릴 사람들이 너무 많다.《내 자아를 버려라》

나라이 임하옵시며 뜻이 하늘에서 이룬 것같이 땅에서도 이루어지이다 | 마 6:10 |

OCTOBER

10 14

당신이 잠깐 있다가 사라질 그림자에 사로잡혀 있을 때,
신령한 성도는 하나님의 얼굴을 가까이 바라본다.
신령한 성도는 천사와 동등한 위치에서 살게 될
영원한 생명을 준비하기 위해 부지런히 애쓴다.《회개했는가》

저 세상과 및 죽은 자 가운데서 부활함을 얻기에 합당히 여김을 받은 자들은 장가 가고 시집 가는 일이 없으며
그들은 다시 죽을 수도 없나니 이는 천사와 동등이요 부활의 자녀로서 하나님의 자녀임이라 | 눅 20:35,36 |

3 18
MARCH

당신의 이기적인 나라가 사라지기 전에는
하나님의 나라가 이루어질 수 없다.
당신이 자기 삶에서 왕 노릇하지 않을 때,
그때에야 비로소 그리스도께서
당신 삶의 왕이 되실 것이다. 《내 자아를 버려라》

무화과나무를 지키는 자는 그 과실을 먹고 자기 주인을 시종하는 자는 영화를 얻느니라 | 잠 27:18 |

OCTOBER 10 13

당신은 영원한 고통을 원하는가?
아니면 하나님과의 영원한 삶을 원하는가?
당연히 하나님과의 영원한 삶을 원한다고 대답할 텐가?
그렇다면 지금 즉시 죄를 던져버려야 하지 않겠는가?《회개했는가》

그러므로 우리가 그리스도의 도의 초보를 버리고 죽은 행실을 회개함과 하나님께 대한 신앙과 세례들과 안수와
죽은 자의 부활과 영원한 심판에 관한 교훈의 터를 다시 닦지 말고 완전한 데로 나아갈지니라 | 히 6:1,2 |

3 19
MARCH

우리가 주목해야 할 점은,
하나님의 은혜로운 복이 그에게 임하기 전에
그가 먼저 죽어야 했다는 영적 원리이다.
당신은 이 원리를 당신의 생활 속에 적용해야 한다.《내 자아를 버려라》

내가 진실로 진실로 너희에게 이르노니 한 알의 밀이 땅에 떨어져 죽지 아니하면
한 알 그대로 있고 죽으면 많은 열매를 맺느니라 | 요 12:24 |

OCTOBER

10 12

당신은 잠들어 있지만 당신에게 내려질 형벌은
잠을 자지 않는다.
당신이 회개를 미루며 꾸물거리고 있을 때
당신을 위해 예약된 형벌을 부르는 심판은
오래 꾸물거리지 않는다.《회개했는가》

주께서 경건한 자는 시험에서 건지실 줄 아시고 불의한 자는 형벌 아래에 두어 심판 날까지 지키시며 | 벧후 2:9 |

지금 우리는 '평안 숭배'라는 질병에 걸려 있다.
우리는 생각의 평안, 마음의 평안
그리고 영혼의 평안을 찾아 헤맨다.
우리는 긴장을 풀고 편하게 살기를 원한다.
기독교가 이렇게 시시껄렁해졌다!《내 자아를 버려라》

이 저주의 말을 듣고도 심중에 스스로 위로하여 이르기를 내가 내 마음을 강퍅케 하여 젖은 것과
마른 것을 멸할지라도 평안하리라 할까 염려함이라 | 신 29:19 |

OCTOBER 10 11

당신 앞에 있는 분은 당신의 치밀한 논리에
슬며시 시선을 피하는 분이 결코 아니시다.
당신이 쉽게 상대했던 우리처럼 쉽게
기를 꺾어놓을 수 있는 분이 결코 아니시다.
그 심판자는 만만한 상대가 아니시다. 명심하라!《회개했는가》

심판 때에 니느웨 사람들이 일어나 이 세대 사람을 정죄하리니
이는 그들이 요나의 전도를 듣고 회개하였음이어니와 요나보다 더 큰이가 여기 있으며 | 마 12:41 |

초대교회의 훌륭한 성도들이 대부분
마음이 불편했다는 사실을 우리는 덮어 두고 싶어 한다.
사실 그들은 마음의 평안을 구하지 않았다.
그들은 전쟁터에 나가는 군사가 편히 쉬러가는 것이 아니라
싸우러간다는 사실을 잘 알았다.《내 자아를 버려라》

군사로 다니는 자는 자기 생활에 얽매이는 자가 하나도 없나니 이는 군사로 모집한 자를 기쁘게 하려 함이라 | 딤후 2:4 |

OCTOBER 10 10

당신이 세상을 아무리 사랑해도
세상이 당신을 위해 해줄 수 있는 일이라고는 그저
잠시 당신을 데리고 있다가
멸망의 날에 넘겨주는 것밖에 없다. 《회개했는가》

악인은 남기워서 멸망의 날을 기다리움이 되고 멸망의 날을 맞으러 끌려나감이 된다 하느니라 | 욥 21:30 |

주와 구주이신 예수 그리스도께 온전히 성실하고
그분을 위해 고난도 받을 각오가 되어 있는 성도가
교회마다 적어도 몇 명씩은 있어야 한다.《내 자아를 버려라》

만일 그리스도인으로 고난을 받은즉 부끄러워 말고 도리어 그 이름으로 하나님께 영광을 돌리라 | 벧전 4:16 |

OCTOBER 10 9

유혹하는 마귀는 당신이 멸망하기를 바라고 있다.
당신이 하나님의 말씀을 거역하여 그 말씀대로 처분되기만을,
당신이 지옥에 떨어질 그 순간만을
손꼽아 기다리고 있다.《회개했는가》

너희가 거절하여 배반하면 칼에 삼키우리라 여호와의 입의 말씀이니라 | 사 1:20 |

3 23
MARCH

그리스도의 일을 할 때
묵묵히 신뢰성 있게 하는 사람이 왜 없는가?
그리스도인의 삶의 뿌리는 신뢰성이다.
신뢰성이 없는 사람에게는 영성도 없다.《내 자아를 버려라》

혹 권위하는 자면 권위하는 일로, 구제하는 자는 성실함으로, 다스리는 자는 부지런함으로,
긍휼을 베푸는 자는 즐거움으로 할 것이니라 | 롬 12:8 |

OCTOBER 10 8

빛 가운데서 죄를 범함으로써 부정不淨에 몸을 맡긴 당신이여!
하나님 말씀을 믿지 않는 당신이여, 들어라!
들을 귀 있는 모든 죄인들은
하나님의 은혜롭고도 두려운 부르심에 귀를 기울여라! 《회개했는가》

그러므로 모든 육체는 풀과 같고 그 모든 영광이 풀의 꽃과 같으니 풀은 마르고 꽃은 떨어지되
오직 주의 말씀은 세세토록 있도다 하였으니 너희에게 전한 복음이 곧 이 말씀이니라 | 벧전 1:24,25 |

하나님의 일을 할 때 그토록 시간을 지키지 않는 교인들이
다른 경우에도 그렇게 한다면,
기업이 부도나고 가정경제가 파탄나고
건강이 쇠약해질 것이다.《내 자아를 버려라》

여호와께서 만민에게 심판을 행하시오니 여호와여 나의 의와 내게 있는 성실함을 따라 나를 판단하소서 | 시 7:8 |

물질과는 날로 가까워지지만 천국과는 날로 멀어진다.
세상 사람들의 칭송과 갈채에 교만한 마음이 한껏 부푼다.
하나님께서 건강과 기력을 주시면
이생에서의 안도감만 점점 더 느낄 뿐
자신의 종말은 까맣게 망각한다.《회개했는가》

내가 여러 번 너희에게 말하였거니와 이제도 눈물을 흘리며 말하노니
여러 사람들이 그리스도 십자가의 원수로 행하느니라 | 빌 3:18 |

3 25
MARCH

그리스도인의 마음에 피는 사랑과 충성과
희락과 평안은 아름다운 꽃이다.
그리스도인의 성숙한 성품은 향기롭고,
거룩한 사람의 미소는 따뜻하다.《내 자아를 버려라》

여호와의 속량함을 얻은 자들이 돌아오되 노래하며 시온에 이르러
그 머리 위에 영영한 희락을 띠고 기쁨과 즐거움을 얻으리니 슬픔과 탄식이 달아나리로다 | 사 35:10 |

OCTOBER 10 6

주님의 말씀과 예배에 아무 맛도 느끼지 못하는 당신이여!
하나님 앞에 나아갈 준비가 되어 있는지 알아보기 위해
단 한 시간도 할애하지 않는 당신이여!
이 말씀에 귀를 기울여라!《회개했는가》

시몬 베드로가 대답하되 주여 영생의 말씀이 계시매 우리가 뉘게로 가오리이까 | 요 6:68 |

3 26
MARCH

진정으로 중요한 것은 속사람이다.
겉사람은 장차 죽어서
본래 그것의 재료가 되었던 흙으로 변하지만,
속사람은 신체가 죽어 사라진 후에도 영원히 산다.《내 자아를 버려라》

그러므로 우리가 낙심하지 아니하노니 겉사람은 후패하나 우리의 속은 날로 새롭도다 | 고후 4:16 |

OCTOBER

10 5

당신이 하늘의 두려운 하나님도 가벼이 여기는데

과연 누구를 귀히 여길까?

구세주의 측량할 수 없는 사랑과 보혈을 소홀히 여기는데

무엇을 중히 여길까? 《회개했는가》

볼지어다 하나님께 징계받는 자에게는 복이 있나니 그런즉 너는 전능자의 경책을 업신여기지 말지니라 | 욥 5:17 |

3 27
MARCH

인간의 큰 문제는 죄책감 없는 종교를 신봉하는 것이다.
죄책감 없는 종교는
하나님을 인간의 친구로 만들려고 애쓸 뿐이다.
그러나 이런 종교는 지옥을 피할 수 없다.《내 자아를 버려라》

내가 내 곳으로 돌아가서 저희가 그 죄를 뉘우치고 내 얼굴을 구하기까지 기다리리라
저희가 고난을 받을 때에 나를 간절히 구하여 이르기를 | 호 5:15 |

OCTOBER 10 4

아! 내 눈은 눈물의 샘이 되었구나!
그리스도와 은혜와 영광을 방자하게 무시하거나
깔보지만 않는다면 당신도 다른 사람들처럼
그 모든 것을 능히 소유할 수 있을 텐데! 《회개했는가》

너희가 만일 나의 전한 그 말을 굳게 지키고 헛되이 믿지 아니하였으면 이로 말미암아 구원을 얻으리라 | 고전 15:2 |

3 28

MARCH

영적 가난에 시달리고 영적으로 파산破産한 죄인에게
은혜와 자비의 강물이 흐른다.
우리 주 예수 그리스도의 은혜는 그들에게
실로아의 물처럼 흐른다.《내 자아를 버려라》

이 백성이 천천히 흐르는 실로아 물을 버리고 르신과 르말리야의 아들을 기뻐하나니 | 사 8:6 |

OCTOBER

10 3

우리의 영혼이 이다지도 슬픈 까닭이 무엇인가?
당신이 귀를 틀어막고 목을 뻣뻣하게 세우고
멸망에 이르는 길을 고집스레
걷고 있어서가 아닌가?《회개했는가》

그러나 롯이 지체하매 그 사람들이 롯의 손과 그 아내의 손과 두 딸의 손을 잡아 인도하여 성 밖에 두니 여호와께서 그에게 인자를 더하심이었더라 그 사람들이 그들을 밖으로 이끌어낸 후에 이르되 도망하여 생명을 보존하라 돌아보거나 들에 머무르거나 하지 말고 산으로 도망하여 멸망함을 면하라 | 창 19:16,17 |

3 29

MARCH

양에게 물을 먹이려면 급히 흐르는 물을 막아
잔잔한 웅덩이를 만들어주어야 한다.
하나님의 은혜는 잔잔하고 조용한 물웅덩이와 같다.
그분의 은혜는 여전히 거저 주어지는 온전한 물이다.《내 자아를 버려라》

그가 나를 푸른 초장에 누이시며 쉴 만한 물가으로 인도하시는도다 | 시 23:2 |

OCTOBER

10 2

하나님께서는 당신이 하나님을 망각하고 살다가
끝내 어떻게 될지 분명히 보고 계시며,
당신이 마땅히 해야 할 일과 겪어야 할 일을 알지 못해
영원한 것들을 소홀히 여기는 것을 지켜보고 계신다. 《회개했는가》

네가 만일 네 하나님 여호와를 잊어버리고 다른 신들을 좇아 그들을 섬기며 그들에게 절하면
내가 너희에게 증거하노니 너희가 정녕히 멸망할 것이라 | 신 8:19 |

3 30
MARCH

예수 그리스도를 따르는 자들이 천국에 대한 흥미를 잃으면
그들은 더 이상 행복한 그리스도인이 될 수 없다.
기쁨이 없는 그리스도인은 죄 많고 슬픈 세상에서
아무 힘도 발휘할 수 없다.《내 자아를 버려라》

세례 요한의 때부터 지금까지 천국은 침노를 당하나니 침노하는 자는 빼앗느니라 | 마 11:12 |

OCTOBER

10 1

사랑과 자비가 무한하신 하나님께서는
자기 외아들을 통해 당신을 구속救贖하셨고,
죄에서 돌이켜 회개하고 하나님께 돌아오기만 하면
값없이 용서해주겠다고 약속하셨다.《회개했는가》

성령과 신부가 말씀하시기를 오라 하시는도다 듣는 자도 오라 할 것이요 목마른 자도 올 것이요
또 원하는 자는 값없이 생명수를 받으라 하시더라 | 계 22:17 |

3 31

MARCH

인류에게 지구는 필사의 운명과 죽음의 상징이자,
하나님의 임재와 평화와 낙원에 대한 상실의 상징이 되었다.
그러므로 진정한 성도는
이 땅에 대해 후한 점수를 주지 않는다.《내 자아를 버려라》

너희를 위하여 보물을 땅에 쌓아 두지 말라 거기는 좀과 동록이 해하며 도적이 구멍을 뚫고 도적질하느니라 | 마 6:19 |

회개 없는 구원의 소망은 하나님을 욕되게 하고
당신에게 치명적인 것이다.
이런 소망에는 죽음과 절망과 신성모독이 있다.
그 안에는 죽음이 있다.《돌이켜 회개하라》

너희도 만일 회개치 아니하면 다 이와 같이 망하리라 | 눅 13:3 |

APRIL

4 1

슬픔으로 가득한 섬과 같은 이 땅에
하나님께서 내려오셔서
우리의 죄를 떠맡아 우리를 구속하고
우리의 실패를 자신에게로 돌리셨다.《내 자아를 버려라》

새 노래를 노래하여 가로되 책을 가지시고 그 인봉을 떼기에 합당하시도다 일찍 죽임을 당하사
각 족속과 방언과 백성과 나라 가운데서 사람들을 피로 사서 하나님께 드리시고 | 계 5:9 |

9 29

SEPTEMBER

주 예수께서 하늘의 창고를 열어놓고
당신에게 값없이 보물을 가져가라고 말씀하실 때
기회를 잡아라.
성령님과 그분의 일꾼들이 수고스럽게
당신과 승강이한 것을 헛되게 하지 말라. 《돌이켜 회개하라》

풀무를 맹렬히 불면 그 불에 납이 살라져서 단련하는 자의 일이 헛되게 되느니라 이와 같이 악한 자가 제하여지지 아니하나니 사람들이 그들을 내어버린 은이라 칭하게 될 것은 나 여호와가 그들을 버렸음이니라 | 렘 6:29,30 |

APRIL 4 2

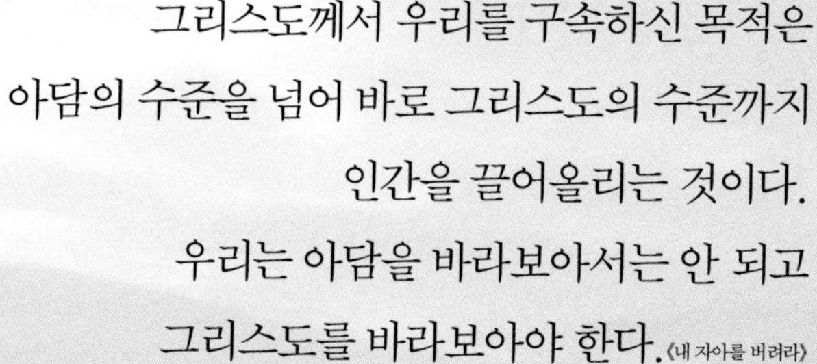

그리스도께서 우리를 구속하신 목적은
아담의 수준을 넘어 바로 그리스도의 수준까지
인간을 끌어올리는 것이다.
우리는 아담을 바라보아서는 안 되고
그리스도를 바라보아야 한다. 《내 자아를 버려라》

우리가 다 하나님의 아들을 믿는 것과 아는 일에 하나가 되어 온전한 사람을 이루어
그리스도의 장성한 분량이 충만한 데까지 이르리니 | 엡 4:13 |

음란한 것을 보지 말며 간음을 가슴에서 제거하라.
그리고 오직 그리스도께서 당신을 사용하시도록
당신을 거룩한 그릇으로 그분께 드려라.《돌이켜 회개하라》

여호와께서 말씀하시되 오라 우리가 서로 변론하자 너희 죄가 주홍 같을지라도
눈과 같이 희어질 것이요 진홍 같이 붉을지라도 양털 같이 되리라 | 사 1:18 |

APRIL

4 3

"어린양의 보혈로 구속함을 받고,
우리의 과거가 우리 뒤로 숨겨지고,
우리의 죄가 보혈로 씻김 받아
영원히 우리를 대적할 수 없게 되었는데
어찌 기쁘지 않겠소?" 《내 자아를 버려라》

그 불법을 사하심을 받고 그 죄를 가리우심을 받는 자는 복이 있고 | 롬 4:7 |

보라! 그리스도는 당신에게 활짝 열린 성소이며,
잘 알려진 피난처이시다.
피의 보복자가 당신을 잡기 전에,
진노가 당신을 삼켜버리기 전에 죄를 버리고
주께 나아오라. 《돌이켜 회개하라》

주의 권능의 날에 주의 백성이 거룩한 옷을 입고 즐거이 헌신하니
새벽 이슬 같은 주의 청년들이 주께 나오는도다 | 시 110:3 |

APRIL

4 4

누군가 어떤 것을 하나님보다 중요하게 여긴다면,
그것이 그 사람의 신神이다.
하나님을 거부하고 그분과 우리 사이를 가로막는 것이
우리의 신, 즉 우상이다.《내 자아를 버려라》

너는 나 외에는 다른 신들을 네게 있게 말지니라 | 출 20:3 |

고민하는 자여, 그리스도께 나아오라.
그분이 당신의 대장이 되어주실 것이다.
당신을 율법의 속박으로부터 보호해주시며,
공의公義의 손에서 건져주실 것이다.《돌이켜 회개하라》

너희 목마른 자들아 물로 나아오라 돈 없는 자도 오라 너희는 와서 사 먹되 돈 없이,
값 없이 와서 포도주와 젖을 사라 | 사 55:1 |

통회하며 하나님 앞에 나아와 회개하는 사람은
자기가 모든 계명을 다 어긴 것은 아니라는
변명을 하지 않는다.
국가의 법을 모두 어겼기 때문에
무법자가 되는 것은 아니다.《내 자아를 버려라》

나 여호와가 말하노라 나의 손이 이 모든 것을 지어서 다 이루었느니라
무릇 마음이 가난하고 심령에 통회하며 나의 말을 인하여 떠는 자 그 사람은 내가 권고하려니와 | 사 66:2 |

9 25

SEPTEMBER

말씀을 들을 때 마음이 뜨거워지는 것을 느끼지 못했는가?
죄를 버리고 그리스도께로 나아올 뻔한 적이 없었는가?
이대로 가면 위험할 거라는 느낌이 든 적이 없는가?《돌이켜 회개하라》

바위 위에 있다는 것은 말씀을 들을 때에 기쁨으로 받으나
뿌리가 없어 잠깐 믿다가 시험을 받을 때에 배반하는 자요 | 눅 8:13 |

APRIL

4 6

기독교를 믿으려는 어떤 이들은
다른 사람이 범한 악한 죄들 중에서
자신은 어떤 것을 범하지 않았다는 사실에 의지하여
그리스도인이 되려고 한다.《내 자아를 버려라》

그 날에 많은 사람이 나더러 이르되 주여 주여 우리가 주의 이름으로 선지자 노릇하며 주의 이름으로 귀신을 쫓아내며 주의 이름으로 많은 권능을 행치 아니하였나이까 하리니 그때에 내가 저희에게 밝히 말하되 내가 너희를 도무지 알지 못하니 불법을 행하는 자들아 내게서 떠나가라 하리라 | 마 7:22,23 |

그리스도께서 당신을 위해 이루실 수 있는 것을
세상이 당신을 위해 정성껏 이루어주는가?
세상이 당신을 영원히 도와줄 수 있을까?
쾌락과 땅과 명예와 보물이
당신을 따라 저승길에 동행할까?《돌이켜 회개하라》

주 외에는 자기를 앙망하는 자를 위하여 이런 일을 행한 신을 예로부터
들은 자도 없고 귀로 깨달은 자도 없고 눈으로 본 자도 없었나이다 | 사 64:4 |

APRIL

4 7

내가 어긴 계명이 단 하나라 할지라도
나는 그것에 대한 죄책감의 무게에 못 이겨
하나님 앞에서 죄인임을 자복하고 낮아질 것이다.

《내 자아를 버려라》

여호와는 마음이 상한 자에게 가까이 하시고 중심에 통회하는 자를 구원하시는도다 | 시 34:18 |

당신 혼자서는 아무것도 할 수 없지만
하나님께서 자신의 영을 통해 당신에게 능력을 주시면
당신은 무슨 일이든 할 수 있다.
하나님께서는 당신을 돕겠다고 제안하신다.《돌이켜 회개하라》

나의 책망을 듣고 돌이키라 보라 내가 나의 신을 너희에게 부어주며 나의 말을 너희에게 보이리라 | 잠 1:23 |

예수 그리스도와 그분의 속죄를
온전히 신뢰하지 않는 사람에게는 구원의 소망이 없다.
우리 주 예수님이 구명정救命艇이시라면,
우리는 살기 위해 온전히 구명정을 신뢰해야 한다.

《내 자아를 버려라》

너의 길을 여호와께 맡기라 저를 의지하면 저가 이루시고 | 시 37:5 |

9 22

SEPTEMBER

그리스도께서는 가난한 당신을 부요富饒하게 하고,
벌거벗은 몸에 옷을 입혀주고,
당신의 눈을 뜨게 하겠다고 제안하신다.
주께서 당신에게 자신의 의義와 은혜를 주겠다고 제안하신다.

《돌이켜 회개하라》

내가 너를 권하노니 내게서 불로 연단한 금을 사서 부요하게 하고
흰 옷을 사서 입어 벌거벗은 수치를 보이지 않게 하고 안약을 사서 눈에 발라 보게 하라 | 계 3:18 |

APRIL 4 9

예수 그리스도는 불타고 있는 건물에서
탈출할 수 있는 유일한 방법인 밧줄과 같은 분이시다.
우리는 이 밧줄을 믿고 의지하여 탈출하든가
아니면 죽든가 양자택일해야 한다.《내 자아를 버려라》

만일 여호와를 섬기는 것이 너희에게 좋지 않게 보이거든 너희 열조가 강 저편에서 섬기던 신이든지 혹 너희의 거하는 땅 아모리 사람의 신이든지 너희 섬길 자를 오늘날 택하라 오직 나와 내 집은 여호와를 섬기겠노라 | 수 24:15 |

영광의 시냇물이 흐르는 하나님의 낙원을 보라.
일어나 그 땅을 사방으로 걸어보라.
당신의 눈에 보이는 그 땅을 하나님께서 당신에게 주실 것이다.
당신이 돌이키기만 한다면 말이다. 《돌이켜 회개하라》

내가 또 너희 열조에게 한 맹세 곧 그들에게 젖과 꿀이 흐르는 땅을 주리라 한 언약을 이루리라 한 것인데
오늘날이 그것을 증거하느니라 하라 하시기로 내가 대답하여 가로되 아멘 여호와여 하였노라 | 렘 11:5 |

APRIL

4 10

십자가에 못 박힌 삶과 성령충만한 삶의 능력에 대해 묻고
그런 능력을 원하는 것만으로는 충분하지 못하다.
이 세상의 그 무엇보다도
그것을 간절히 원하고 추구해야 한다.《내 자아를 버려라》

나의 간절한 기대와 소망을 따라 아무 일에든지 부끄럽지 아니하고 오직 전과 같이
이제도 온전히 담대하여 살든지 죽든지 내 몸에서 그리스도가 존귀히 되게 하려 하나니 | 빌 1:20 |

왕을 진노케 한 반역자에게 간청하는 왕을 보았는가?
궁휼이 당신의 뒤를 따라다니며 당신에게 간청한다.
아직도 마음이 깨지지 않았는가?
당신이 오늘 하나님의 음성을 듣는다면 정말 좋겠다! 《돌이켜 회개하라》

땅이여, 땅이여, 땅이여, 여호와의 말을 들을지니라 | 렘 22:29 |

APRIL

4 11

예수께서는 천국과 지옥 사이에 놓인
다리와 같은 분이시다.
우리는 그분의 은혜를 받아들여
이 다리를 건너 천국으로 가든지
아니면 지옥에 계속 머무르든지 해야 한다. 《내 자아를 버려라》

그리스도께서도 한번 죄를 위하여 죽으사 의인으로서 불의한 자를 대신하셨으니
이는 우리를 하나님 앞으로 인도하려 하심이라 육체로는 죽임을 당하시고 영으로는 살리심을 받으셨으니 | 벧전 3:18 |

주님은 무서운 심판을 잠시 옆으로 제쳐놓고
일단 은혜의 보좌를 세우셨다.
주님이 금홀金笏을 내밀고 계신다.
그 금홀을 만져서 생명을 얻으라.《돌이켜 회개하라》

어리석음을 버리고 생명을 얻으라 명철의 길을 행하라 하느니라 | 잠 9:6 |

APRIL

4 12

현대에는 이상한 음모가 도사리고 있다.
죄에 대한 인간의 책임, 심판의 확실성, 하나님의 진노
그리고 십자가에 달린 구주救主의 필요성에 대해
서로 침묵하자는 공모共謀이다.《내 자아를 버려라》

전에는 우리도 다 그 가운데서 우리 육체의 욕심을 따라 지내며
육체와 마음의 원하는 것을 하여 다른이들과 같이 본질상 진노의 자녀이었더니 | 엡 2:3 |

죄인들이 낭패를 당하는 것은
하나님의 긍휼을 너무 크게 생각하기 때문이 아니다.
그들은 하나님의 공의를 알지 못하거나
그분의 방법이 아닌 다른 방법으로 긍휼을 얻으려고 한다.《돌이켜 회개하라》

주께서는 연하여 긍휼을 베푸사 저희를 광야에 버리지 아니하시고 낮에는 구름 기둥으로 길을 인도하시며 밤에는 불 기둥으로 그 행할 길을 비취사 떠나게 아니하셨사오며 | 느 9:19 |

APRIL 4 13

오늘날 우리 속에서 용광로처럼 솟아오르는
분노와 악의가 예수님을 십자가에 못 박았다.
의도적으로 소득세 신고를 거짓으로 하는
당신의 근본적인 부정직함이 예수님을 십자가에 못 박았다.

《내 자아를 버려라》

이는 다 야곱의 허물을 인함이요 이스라엘 족속의 죄를 인함이라 야곱의 허물이 무엇이뇨 사마리아가 아니뇨 유다의 산당이 무엇이뇨 예루살렘이 아니뇨 | 미 1:5 |

당신이 관계를 맺어야 하는 하나님이 어떤 분이신지를 알라.
그분은 당신이 돌이키기만 하면
다시 긍휼히 여기실 것이다.
우리의 죄악을 발로 밟으시고
우리의 모든 죄를 깊은 바다에 던지는 분이시다.《돌이켜 회개하라》

다시 우리를 긍휼히 여기셔서 우리의 죄악을 발로 밟으시고 우리의 모든 죄를 깊은 바다에 던지시리이다 | 미 7:19 |

APRIL

4 14

'죄악' 이라는 단어는 좋은 단어가 아니다.
하나님은 우리가 이 단어를 얼마나 싫어하는지 잘 아신다.
그러나 이 단어를 사용하지 않고 회피한다고 해서
죄악의 결과까지 회피할 수 있는 것은 아니다. 《내 자아를 버려라》

곧 모든 불의, 추악, 탐욕, 악의가 가득한 자요 시기, 살인, 분쟁, 사기, 악독이 가득한 자요 수군수군하는 자요 | 롬 1:29 |

9 16

SEPTEMBER

세상에서 진정 지혜로운 것이 있다면
그것은 회개하고 하나님 품으로 돌아오는 것이다.
이것이야말로 의롭고 합리적인 것이다.
반면 이 세상에서 어리석은 것은
회개하지 않고 살아가는 것이다.《돌이켜 회개하라》

너는 와서 내 식물을 먹으며 내 혼합한 포도주를 마시고 어리석음을 버리고
생명을 얻으라 명철의 길을 행하라 하느니라 | 잠 9:5,6 |

APRIL 4 15

예수의 고난은 교정矯正의 의미를 갖는다.
그분은 우리를 고치고 온전케 만들기 위하여
기꺼이 고난을 당하셨다.
주님의 고난이 고난으로 시작하여
고난으로 끝나도록 하기 위해서가 아니라,
고난으로 시작하여 치유로 끝나도록 하기 위함이다.《내 자아를 버려라》

그가 찔림은 우리의 허물을 인함이요 그가 상함은 우리의 죄악을 인함이라
그가 징계를 받음으로 우리가 평화를 누리고 그가 채찍에 맞음으로 우리가 나음을 입었도다 | 사 53:5 |

9 15
SEPTEMBER

당신이 회개한다면
천국에서는 그날이 국경일로 선포되고
영광스러운 영들이 기뻐할 것이다.
그들에게 새 형제가 생기고,
함께 기업을 얻을 자를 주께서 얻고,
잃어버렸던 아들이 무사히 돌아오기 때문이다.《돌이켜 회개하라》

그 눈을 뜨게 하여 어두움에서 빛으로, 사탄의 권세에서 하나님께로 돌아가게 하고 죄 사함과
나를 믿어 거룩케 된 무리 가운데서 기업을 얻게 하리라 하더이다 | 행 26:18 |

APRIL

4 16

무엇이 회개인가?

회개는 우리 주 예수 그리스도께 상처를 입힌 것에 대해

양심의 가책을 느끼는 것이다.

인자人子가 우리 대신 심판과 형벌을

기꺼이 담당하신 것에 감동하고 감격해야 한다.

《내 자아를 버려라》

그리스도께서 하나님 곧 우리 아버지의 뜻을 따라

이 악한 세대에서 우리를 건지시려고 우리 죄를 위하여 자기 몸을 드리셨으니 | 갈 1:4 |

9 14

SEPTEMBER

당신이 돌이키기만 하면
천사들이 "지극히 높으신 하나님께 영광일세!"라고 찬양하고,
아침 별들이 함께 노래하고,
하나님의 아들들이 처음처럼 모두 기뻐 소리치며
새 피조물의 탄생을 축하할 것이다.《돌이켜 회개하라》

내가 너희에게 이르노니 이와 같이 죄인 하나가 회개하면 하나님의 사자들 앞에 기쁨이 되느니라 | 눅 15:10 |

APRIL 4 17

십자가는 그분의 찔림으로 시작되었지만,
우리의 깨끗케 됨으로 끝난다.
그것은 그분의 상함으로 시작되었지만,
우리의 정화淨化로 끝난다.《내 자아를 버려라》

무릇 내게 있어 과실을 맺지 아니하는 가지는 아버지께서 이를 제해 버리시고
무릇 과실을 맺는 가지는 더 과실을 맺게 하려하여 이를 깨끗케 하시느니라 | 요 15:2 |

9 13

SEPTEMBER

모든 유혹 중에서도 가장 치명적이고 나쁜 것은
악한 친구들을 사귀는 것이다.
희망의 싹이 보일 때 악한 친구들이
그것을 짓밟는 경우가 얼마나 많았는가.《돌이켜 회개하라》

내 아들아 악한 자가 너를 꾈지라도 좇지 말라 | 잠 1:10 |

APRIL

4 18

의롭다 함을 얻었다 할지라도
언제나 회개하는 겸손한 마음으로 살아가지 않으면
우리의 신앙이 뒷걸음질 칠 수밖에 없다.

《내 자아를 버려라》

그러므로 너희는 하나님의 택하신 거룩하고 사랑하신 자처럼
긍휼과 자비와 겸손과 온유와 오래 참음을 옷입고 | 골 3:12 |

9 12

SEPTEMBER

죄의 유혹을 이겨내지 못하면 죄로부터 돌이킬 수 없다.
죄의 미끼를 조금씩 뜯어먹거나
죄의 주변에서 맴돌거나 죄의 덫을 만지작거리면
틀림없이 걸려든다.《돌이켜 회개하라》

동틀 때에 천사가 롯을 재촉하여 가로되 일어나 여기 있는 네 아내와 두 딸을 이끌라
이 성의 죄악 중에 함께 멸망할까 하노라 | 창 19:15 |

APRIL

4 19

우리가 역사적 사실과 과학적 지식을 아는 것은
그렇게 중요하지 않다.
중요한 것은 '의로운 분' 예수 그리스도를 우리에게 주신
살아 계신 하나님의 임재를 갈망하고
소중히 여기는 심령이다.《내 자아를 버려라》

예수를 너희가 보지 못하였으나 사랑하는도다
이제도 보지 못하나 믿고 말할 수 없는 영광스러운 즐거움으로 기뻐하니 | 벧전 1:8 |

사람들이 회개할 때 보여주는 특징은 그들의 기도로 나타난다.
기도에 힘써라. 단 하루도 빼놓지 말고
아침저녁으로 시간을 내어 진지하게 기도하라.
또한 날마다 가족과 함께 하나님께 올바른 예배를 드려라.
하나님의 이름을 부르지 않는 가정에는 화禍가 있을지어다.

《돌이켜 회개하라》

주를 알지 못하는 열방과 주의 이름으로 기도하지 아니하는 족속들에게 주의 분노를 부으소서
그들은 야곱을 씹어 삼켜 멸하고 그 거처를 황폐케 하였나이다 | 렘 10:25 |

APRIL

4 20

겸손하고 정결하고 신뢰하는 심령을 찾으신다.
왜냐하면 하나님께서는 그런 사람을 통해
그분의 능력과 은혜와 생명을 드러내실 수 있기 때문이다.

《내 자아를 버려라》

종말로 형제들아 무엇에든지 참되며 무엇에든지 경건하며 무엇에든지 옳으며 무엇에든지 정결하며 무엇에든지 사랑할 만하며 무엇에든지 칭찬할 만하며 무슨 덕이 있든지 무슨 기림이 있든지 이것들을 생각하라 | 빌 4:8 |

9 10

SEPTEMBER

말씀을 회개의 방편으로 여기지도 않고,

말씀을 통해 회개하겠다는 마음도 없고,

말씀의 복된 효과를 위해 기도하지도 않고,

그것을 기대하지도 않았기 때문에

말씀이 당신에게서 열매를 맺지 못한 것이다. 《돌이켜 회개하라》

내가 주의 법도를 묵상하며 주의 도에 주의하며 주의 율례를 즐거워하며 주의 말씀을 잊지 아니하리이다 | 시 119:15,16 |

APRIL

4 21

많은 교회는 거듭남,
그리스도의 보혈을 통한 구속救贖,
성령의 조명을 의지하는 법을 가르치지 않으면서
그리스도에 대한 관심과 사랑을 불러일으키려고
안간힘을 쓴다. 참으로 헛수고이다! 《내 자아를 버려라》

너희가 거듭난 것이 썩어질 씨로 된 것이 아니요 썩지 아니할 씨로 된 것이니
하나님의 살아 있고 항상 있는 말씀으로 되었느니라 | 벧전 1:23 |

습관적으로 말씀을 듣지 말고 성실하게 들어라.
말씀을 통해 당신이 회개할 수 있을 거라는 소망과
기대와 바람과 의도를 가지고 들어라.《돌이켜 회개하라》

당신은 가까이 나아가서 우리 하나님 여호와의 하시는 말씀을 다 듣고
우리 하나님 여호와의 당신에게 이르시는 것을 다 우리에게 전하소서 우리가 듣고 행하겠나이다 하였느니라 | 신 5:27 |

APRIL
4 22

우리는 사랑하는 사람이 기뻐하는 일을
언제나 기쁨으로 할 수 있다.
이것이 사랑의 놀라운 속성이다.
마찬가지로 예수님을 정말로 사랑하는 그리스도인은
그분을 섬길 때 지겨워하거나 짜증내지 않는다.

《내 자아를 버려라》

내가 그 제사장들에게 구원으로 입히리니 그 성도들은 즐거움으로 외치리로다 | 시 132:16 |

9 8

SEPTEMBER

당신이 특별히 지키기 싫은 의무가 무엇이고,
당신이 특별히 끌리는 죄가 무엇인지 생각해보라.
그리고 전자前者를 행하고
후자後者를 버리겠다는 결심이 섰는지 확인하라. 《돌이켜 회개하라》

의는 행실이 정직한 자를 보호하고 악은 죄인을 패망케 하느니라 | 잠 13:6 |

APRIL

4 23

주권자요 주님이신 예수 그리스도의 영광과 기이함을
피조 세계에서 볼 수 있는 그리스도인은
더 이상 불경건한 삶을 살지 않을 것이다.

《내 자아를 버려라》

여러 사람의 말이 우리에게 선을 보일 자 누구뇨 하오니 여호와여 주의 얼굴을 들어 우리에게 비취소서
주께서 내 마음에 두신 기쁨은 저희의 곡식과 새 포도주의 풍성할 때보다 더하니이다 | 시 4:6,7 |

주님을 모시는 데 당신의 부모나 당신의 생명이
걸림돌이 된다면 부모나 당신의 생명까지 미워해야 한다.
당신은 당신 자신과 당신의 모든 것을
아낌없이 주께 드려야 한다.
그렇지 않으면 그분의 소유가 되지 못한다. 《돌이켜 회개하라》

무릇 내게 오는 자가 자기 부모와 처자와 형제와 자매와 및 자기 목숨까지 미워하지 아니하면
능히 나의 제자가 되지 못하고 | 눅 14:26 |

APRIL

4 24

하나님나라가
크고 중요한 사람들을 위한 지역과
작고 보잘것없는 사람들을 위한 지역으로
구분되지 않는 것에 대해 나는 늘 하나님께 감사한다.
그분께는 모든 사람이 똑같다.《내 자아를 버려라》

이같이 한즉 하늘에 계신 너희 아버지의 아들이 되리니
이는 하나님이 그 해를 악인과 선인에게 비취게 하시며 비를 의로운 자와 불의한 자에게 내리우심이니라 | 마 5:45 |

그분께 드리지 않고 당신의 것으로 남겨놓은 것이 있다면,
그것 때문에 멸망할 것이다.
주님을 영접하기 위해 당신의 마음을 준비하고 결심할 때
모든 것을 버리지 않으면 예수님의 제자가 될 수 없다.《돌이켜 회개하라》

이와 같이 너희 중에 누구든지 자기의 모든 소유를 버리지 아니하면 능히 내 제자가 되지 못하리라 | 눅 14:33 |

APRIL

4 25

아버지께서는 자녀들의 약력略歷에서
'사망' 이라는 단어 뒤에
'이제 후로는' 이라는 말을 덧붙이신다.
그분의 백성들에게는 내일이 있기 때문에
우리는 죽음 앞에서 기뻐할 수 있다.《내 자아를 버려라》

우리가 예수의 죽었다가 다시 사심을 믿을진대
이와 같이 예수 안에서 자는 자들도 하나님이 저와 함께 데리고 오시리라 | 살전 4:14 |

9 5

SEPTEMBER

아무 생각 없이 그분을 영접하지 말고,
먼저 앉아서 그 비용을 계산해보라.
그분의 발 앞에 모든 것을 내려놓고,
모든 것을 그분께 맡기고 구원의 길에 오르겠는가? 《돌이켜 회개하라》

너희 중에 누가 망대를 세우고자 할찐대 자기의 가진 것이 준공하기까지에 족할는지 먼저 앉아 그 비용을 예산하지 아니하겠느냐 그렇게 아니하여 그 기초만 쌓고 능히 이루지 못하면 보는 자가 다 비웃어 가로되 이 사람이 역사를 시작하고 능히 이루지 못하였다 하리라 | 눅 14:28-30 |

APRIL

4 26

당신은 머지 않아
하나님의 거룩한 얼굴을 보게 될 것이라고 믿는가?
그렇다면 그때에 주께서 그분을 향한
당신의 사랑과 숭모崇慕의 정체를
만천하에 드러내실 것임을 기억하라.《내 자아를 버려라》

보라 사탄의 회 곧 자칭 유대인이라 하나 그렇지 않고 거짓말 하는 자들 중에서 몇을 네게 주어
저희로 와서 네 발앞에 절하게 하고 내가 너를 사랑하는 줄을 알게 하리라 | 계 3:9 |

9 4

SEPTEMBER

그리스도를 지금 영접하라.
그리하면 영원한 구원을 얻을 것이다.
그분이 제공하시는 구원을 받아들여라.
당신은 영원한 승리를 얻게 된다.
온 세상이 나서서 막아도 당신의 승리를 막을 수 없다. 《돌이켜 회개하라》

내가 진실로 진실로 너희에게 이르노니 나의 보낸 자를 영접하는 자는 나를 영접하는 것이요
나를 영접하는 자는 나를 보내신 이를 영접하는 것이니라 | 요 13:20 |

APRIL

4 27

하나님의 옛 선지자는
"나의 것을 희생하는 일이 아니라면,
나는 그런 것을 하나님께 드리지 않겠다"라고 말했다.
우리 모두는 그의 말을 가슴 깊이 새겨야 한다.

《내 자아를 버려라》

이튿날 여호와께 제사를 드리고 또 번제를 드리니 수송아지가 일천이요 수양이 일천이요 어린 양이 일천이요 또 그 전제라 온 이스라엘을 위하여 풍성한 제물을 드리고 | 대상 29:21 |

하나님도 좋고 세상도 좋은가?
하나님 한 분만으로는 만족할 수 없는가?
당신이 원하는 만큼 세상과 친해져도 좋다는
그분의 허락이 떨어지면 재빨리 세상으로 달려가고 싶은가?
이런 생각들이 있다면 당신은 아주 위험한 상태에 있는 것이다.

《돌이켜 회개하라》

주께서 택하시고 가까이 오게 하사 주의 뜰에 거하게 하신 사람은 복이 있나이다
우리가 주의 집 곧 주의 성전의 아름다움으로 만족하리이다 | 시 65:4 |

APRIL

4 28

실천이 따르지 않는 그리스도인을 위해
우리 주님이 준비하시는 것은 아무것도 없다.
주님은 상아탑 기독교,
즉 듣기 좋고 눈부신 사상思想만이 존재하는
추상적 신앙을 가르치지 않으셨다.《내 자아를 버려라》

그가 우리를 대신하여 자신을 주심은 모든 불법에서 우리를 구속하시고 우리를 깨끗하게 하사
선한 일에 열심하는 친백성이 되게 하려 하심이라 | 딛 2:14 |

성령 하나님을 모셔라.
당신을 거룩하게 하시는 분으로, 당신의 옹호자로,
당신의 고민을 의논할 수 있는 상대로,
당신의 위로자로, 당신의 무지를 깨우쳐주시는 분으로,
당신의 기업을 보증하고 증거하시는 분으로 영접해야 한다.

《돌이켜 회개하라》

우리를 구원하시되 우리의 행한바 의로운 행위로 말미암지 아니하고
오직 그의 긍휼하심을 좇아 중생의 씻음과 성령의 새롭게 하심으로 하셨나니 | 딛 3:5 |

APRIL

4 29

성령님이 회심한 사람들과 새 예루살렘에 대해
똑같은 말씀을 하시는 이유는 무엇인가?
그것은 새 예루살렘이
회심한 사람들의 도성이기 때문이다.《내 자아를 버려라》

누구든지 그리스도 안에 있으면 새로운 피조물이라 이전 것은 지나갔으니 보라 새 것이 되었도다 | 고후 5:17 |

죄와 결별하든지 영혼을 잃어버리든지 양자택일을 하라.
한 가지 죄라도 버리지 않으면
하나님께서 당신을 버리실 것이다.
당신의 죄는 죽어야 한다.
그렇지 않으면 당신이 그것들 때문에 죽어야 할 것이다.《돌이켜 회개하라》

사람이 사람에게 범죄하면 하나님이 판결하시려니와 사람이 여호와께 범죄하면 누가 위하여 간구하겠느냐 하되 그들이 그 아비의 말을 듣지 아니하였으니 이는 여호와께서 그들을 죽이기로 뜻하셨음이니라 | 삼상 2:25 |

APRIL

4 30

당신은 지금 천성을 향해 달려가고 있는가?
당신은 어린양의 피와 증거의 말씀으로써
죄의 속박을 깨고 그것에서 벗어났는가?
아니면 여전히 죄의 사슬에 묶여
저주 아래 있는 채로 멸망을 향해 달려가고 있는가?

《내 자아를 버려라》

저희로 깨어 마귀의 올무에서 벗어나 하나님께 사로잡힌바 되어 그 뜻을 좇게 하실까 함이라 | 딤후 2:26 |

8 AUGUST

31

죄를 버려라. 그렇지 않으면 긍휼을 얻을 수 없다.

죄와 이혼하지 않으면 그리스도와 결혼할 수 없다.

당신 속의 반역자를 내쫓지 않으면 하늘과 화해할 수 없다.

들릴라의 무릎을 베고 눕지 말라.

너희는 여호와를 만날 만한 때에 찾으라 가까이 계실 때에 그를 부르라 악인은 그 길을, 불의한 자는 그 생각을 버리고 여호와께로 돌아오라 그리하면 그가 긍휼히 여기시리라 우리 하나님께로 나아오라 그가 널리 용서하시리라 | 사 55:6,7 |

5 MAY

1

여러 가지 고운 말로 혹하게 하고
입술의 호리는 말로 꾀어
필경 화살이 간을 꿰뚫는 것 같은 창녀의 말보다
당장은 마음에 상처를 주는 친구의 말이 훨씬 낫다.

음녀로 인하여 사람이 한 조각 떡만 남게 됨이며 음란한 계집은 귀한 생명을 사냥함이니라 | 잠 6:26 |

8 AUGUST

30

생명이 없는 시체가 스스로 결박한 줄을 끊고
수의壽衣를 벗어버릴 수 있겠는가?
만일 그럴 수 있다면,
허물과 죄로 죽어서 창조주를 올바로 섬길 수 없는 당신도
자신을 구원할 수 있을 것이다.

허물로 죽은 우리를 그리스도와 함께 살리셨고 (너희가 은혜로 구원을 얻은 것이라) | 엡 2:5 |

5 MAY
2

많은 사람들이 주 예수님의 이름을 부르면서도
불의不義에서 떠나지 않고,
말로는 하나님을 안다고 고백하면서도
행위로는 그분을 부인한다.

그러나 하나님의 견고한 터는 섰으니 인침이 있어 일렀으되 주께서 자기 백성을 아신다 하며 또 주의 이름을 부르는 자마다 불의에서 떠날지어다 하였느니라 | 딤후 2:19 |

8 AUGUST

29

자신을 신뢰하고 자기의 의를 세우고
육신을 의지하는 사람은
그리스도께 나와 구원을 얻을 수 없다.
당신의 의義가 누더기요 썩은 것임을 알 때
비로소 당신은 그리스도로부터 문제 해결의 복을 얻을 수 있다.

너희가 육신대로 살면 반드시 죽을 것이로되 영으로써 몸의 행실을 죽이면 살리니 | 롬 8:13 |

5 MAY

3

신앙고백이라는 등燈으로 회개가 입증되는 것이라면
어리석은 처녀들이 쫓겨나는 일은
없었을 것이다.

그 후에 남은 처녀들이 와서 가로되 주여 주여 우리에게 열어 주소서 대답하여 가로되 진실로 너희에게 이르노니 내가 너희를 알지 못하노라 하였느니라 그런즉 깨어 있으라 너희는 그 날과 그 시를 알지 못하느니라 | 마 25:11-13 |

8 AUGUST

28

예수 그리스도가 아닌 다른 어떤 것을 붙들어서
멸망을 면하려고 한다면 소망이 없다.
당신은 당신의 지식과 지혜와 의義와 능력을 부인하고
대신 그리스도를 온전히 의지해야 한다.
그렇지 않으면 멸망을 피할 수 없다.

다른이로서는 구원을 얻을 수 없나니 천하 인간에 구원을 얻을만한 다른 이름을
우리에게 주신 일이 없음이니라 하였더라 | 행 4:12 |

5 MAY

4

구원의 문이 그토록 넓다면,

"주여, 저를 불쌍히 여기소서"라고 소리치면

누구나 구원을 받게 될 것이다.

구원받기 위해 찾고 두드리고 분투하라는

성경의 교훈을 따를 필요가 없을 것이다.

구하라 그러면 너희에게 주실 것이요 찾으라 그러면 찾을 것이요 문을 두드리라 그러면 너희에게 열릴 것이니 | 마 7:7 |

8 AUGUST

27

당신이 비참함을 느끼는 것은
상처가 주는 통증을 느끼는 것에 비유된다.
상처의 통증을 느껴야 치료를 위해 노력하지 않겠는가?
고통을 느끼더라도 지금 치료하는 것이
치료를 외면하다가 영원히 고통을 느끼는 것보다 낫다.

하나님을 잊어버린 너희여 이제 이를 생각하라 그렇지 않으면 내가 너희를 찢으리니 건질 자 없으리라 | 시 50:22 |

5 MAY

5

우리는 "구원받는 사람이 아주 적다"라고 말하지 말고
"구원받지 못하는 사람이 아주 적다"라고 말해야 할 것이다.
구원의 문이 그토록 넓다면,
"청함을 받은 자는 많되 택함을 입은 자는 적으니라"라고
말해서는 안 될 것이다.

청함을 받은 자는 많되 택함을 입은 자는 적으니라 | 마 22:14 |

8 AUGUST

26

구원을 얻고자 하는 자는
황급히 잘못된 상태에서 빠져나와야 한다.
그렇지 않으면 '그리스도'라는 도피성에 이를 수 없다.

시온을 향하여 기호를 세우라, 도피하라, 지체하지 말라,
내가 북방에서 재앙과 큰 멸망으로 이르게 할 것임이니라 | 렘 4:6 |

5 MAY
6

진리에 대해 무지無知하거나 불경스러운 언행을 일삼거나
형식적인 종교생활을 한다면
그는 반드시 거듭나야 한다.
그렇지 않으면 하나님나라에 들어갈 수 없다.

내가 네게 거듭나야 하겠다 하는 말을 기이히 여기지 말라 | 요 3:7 |

8 AUGUST

25

잠자리에 들 때에는

내일 아침에 불길 속에서 깨어날 수도 있다는 것을 기억하라.

아침에 일어나면 당신이 그날 밤에

지옥에서 잠자리를 펼 수도 있다는 것을 기억하라.

이토록 무서운 상태에서 살고 있는 것이 대수롭지 않은가?

천사들로 하신 말씀이 견고하게 되어 모든 범죄함과 순종치 아니함이 공변된 보응을 받았거든 우리가 이같이 큰 구원을 등한히 여기면 어찌 피하리요 이 구원은 처음에 주로 말씀하신 바요 들은 자들이 우리에게 확증한 바니 | 히 2:2,3 |

5 MAY

7

자신의 죄 때문에
양심의 가책을 느껴본 사람들 중 대다수는
죄의 깨달음이 회개라고 생각하면서 자신을 위로한다.
그러나 양심의 가책이 곧 회개라면
아벨을 죽인 가인도 회개한 사람으로 간주되어야 할 것이다.

깨끗한 자들에게는 모든 것이 깨끗하나 더럽고 믿지 아니하는 자들에게는 아무 것도 깨끗한 것이 없고
오직 저희 마음과 양심이 더러운지라 | 딛 1:15 |

8 AUGUST

24

죄 때문에 인간의 마음은
온갖 치명적인 망상의 저주스러운 근원이 되어,
쉬지 않고 자연스럽게 사악한 것들을 쏟아낸다.
그런데도 당신은 여전히 당신 자신을 사랑하고,
당신의 마음이 선하다고 말하겠는가?

내 속 곧 내 육신에 선한 것이 거하지 아니하는 줄을 아노니 원함은 내게 있으나 선을 행하는 것은 없노라 | 롬 7:18 |

5 MAY

8

어떤 사람들은 방탕한 삶을 청산하고
악한 친구들을 멀리하고 욕망을 극복하고 근신하면서
예의 바른 생활을 한다고 해서 자신이 회개했다고 착각한다.
그러나 그들은 거룩하게 되는 것과
단지 예의 바른 것의 엄청난 차이를 알지 못한 것이다.

여호와여 내가 밤에 주의 이름을 기억하고 주의 법을 지켰나이다 | 시 119:55 |

8 AUGUST

23

죄는 머리가 육욕적이고 부패한 계획을 짜내도록 만들고,
손이 죄악을 행하게 만들고,
눈이 음욕으로 가득하여 번득이게 만들고,
혀가 치명적인 독을 쏟아내게 만들었다.

너희가 상수리나무 사이, 모든 푸른 나무 아래서 음욕을 피우며
골짜기 가운데 바위 틈에서 자녀를 죽이는도다 | 사 57:5 |

5 MAY
9

죄인이여, 내 말을 들어라! 살려거든 들어라!
당신은 왜 제멋대로 스스로를 속이는가?
어찌하여 모래 위에 지은 집에 당신의 소망을 두는가?

나의 이 말을 듣고 행치 아니하는 자는 그 집을 모래 위에 지은 어리석은 사람 같으리니 | 마 7:26 |

8 AUGUST

22

속지 말라.

계속 죄를 짓는다면

당신의 손을 펼지라도 하나님께서 보지 않으실 것이고,

당신이 많이 기도할지라도 듣지 않으실 것이다.

너희가 손을 펼 때에 내가 내 눈을 너희에게서 가리고 너희가 많이 기도할지라도 내가 듣지 아니하리니
이는 너희의 손에 피가 가득함이라 | 사 1:15 |

5 MAY
10

죄인이여, 깨닫지 못하고 살다가
결국 죽어서 지옥에서 뒤늦게 눈뜨는 것보다는
지금 내 말을 듣고 깨닫는 것이 낫다.
당신 자신을 속이는 거짓된 소망을 붙들지 말라.

스스로 속이지 말라 하나님은 만홀히 여김을 받지 아니하시나니 사람이 무엇으로 심든지 그대로 거두리라 | 갈 6:7 |

8 AUGUST

21

죄는 당신의 양심에 무감각과 불성실의 씨앗을 뿌린다.

죄는 당신의 기억을 믿지 못할 것으로 만든다.

죄는 영혼의 모든 바퀴들이 제자리를 이탈하게 만들었고,

거룩한 처소가 되어야 할 영혼을

온갖 악의 소굴로 만들어버렸다.

저희에게 이르시되 기록된바 내 집은 기도하는 집이 되리라 하였거늘

너희는 강도의 굴혈을 만들었도다 하시니라 | 눅 19:46 |

5 MAY

11

당신의 마음을 깊이 살펴라.
하나님께서 당신을 철저히 다루실 때까지는 쉬지 말라.
지금과는 다른 사람이 되어야 한다.
그렇지 않으면 영원히 잃어버린 사람이 될 것이다.

내 마음으로 주의 율례에 완전케 하사 나로 수치를 당치 않게 하소서 | 시 119:80 |

8 AUGUST

20

죄는 모든 선한 일에 소극적이 되게 하고

모든 악한 일에는 적극적이 되게 한다.

죄는 당신의 마음에 맹목, 교만, 편견, 불신不信을 집어넣는다.

죄는 당신의 의지에 증오와 불화와 완고함을 싹트게 하고,

당신의 감정을 지나치게 뜨겁게 하거나 지나치게 차갑게 한다.

무릇 지킬만한 것보다 더욱 네 마음을 지키라 생명의 근원이 이에서 남이니라 | 잠 4:23 |

5 MAY
12

지혜로운 처녀들과 알고 지내던 사람들도
천국에 들어가지 못하는데
하물며 어리석은 자들과 어울리는 사람들은 어떠하겠는가?

푸른 나무에도 이같이 하거든 마른 나무에는 어떻게 되리요 하시니라 | 눅 23:31 |

8 AUGUST

19

부패의 뿌리를 그냥 내버려둔 채
가지만을 잘라내는 것은 소용이 없다.
시냇물을 아무리 퍼낸다 해도
수원水源에서 물이 계속 흘러나와
다시 그 자리를 메우기 때문이다.
다윗처럼 회개의 도끼가 죄의 뿌리를 쳐서 뽑아내게 하라.

돈을 사랑함이 일만 악의 뿌리가 되나니 이것을 사모하는 자들이 미혹을 받아 믿음에서 떠나
많은 근심으로써 자기를 찔렀도다 | 딤전 6:10 |

5 MAY

13

한 번 비췸을 얻고
종교적 의무를 형식적으로 준행한 사람도
회개하지 않았다고 판명되어 지옥에 간다면,
세상에서 하나님 없이 살아가는 사람들은 어떠하겠는가?

한번 비췸을 얻고 하늘의 은사를 맛보고 성령에 참예한 바 되고 하나님의 선한 말씀과 내세의 능력을 맛보고 타락한 자들은 다시 새롭게 하여 회개케 할 수 없나니 이는 자기가 하나님의 아들을 다시 십자가에 못 박아 현저히 욕을 보임이라 | 히 6:4-6 |

8 AUGUST

18

죄는 지옥처럼 사악하다.
죄는 영혼 위에 그려진 악마의 형상이다.
당신의 본성이 가증스러운 기형畸形임을 알게 된다면
두려움에 떨 것이다.
죄보다 더러운 진흙탕도 없고,
죄보다 불쾌한 전염병이나 문둥병도 없다.

그 때에 너희가 너희 악한 길과 너희 불선한 행위를 기억하고 너희 모든 죄악과 가증한 일을 인하여
스스로 밉게 보리라 | 겔 36:31 |

5 MAY
14

그리스도께 달려가
당신을 용서하고 새롭게 하시는 그분의 은혜를 받아라.
당신을 주께 드리고 거룩함 가운데 동행하라.
그렇지 않으면 하나님을 보지 못할 것이다.

마음이 청결한 자는 복이 있나니 저희가 하나님을 볼 것임이요 | 마 5:8 |

8 AUGUST

17

아담과 그의 후손을 무덤에서 파내
하늘에 닿을 정도로 쌓아놓고
"누가 이들을 죽인
극악무도한 잘못을 범했는가?" 라고 묻는다면,
그 대답은 바로 "죄!" 이다.

죄의 삯은 사망이요 하나님의 은사는 그리스도 예수 우리 주 안에 있는 영생이니라 | 롬 6:23 |

5 MAY

15

회개는 죽은 자의 상태에서 다시 사는 것이며,
새로운 창조이며,
전능하신 분의 능력으로 이루어지는 일이다.
이런 것들은 인간 능력의 한계를 뛰어넘는 일이다.

너희의 허물과 죄로 죽었던 너희를 살리셨도다 | 엡 2:1 |

8 AUGUST
16

죄는 치명적인 독이다.
그 한 방울이 인류의 뿌리에 뿌려지자
인류 전체를 부패시키고 오염시키고 멸망시켰다.
그런데도 당신은 아직도 죄를 대수롭지 않게 여기는가?

이러므로 한 사람으로 말미암아 죄가 세상에 들어오고 죄로 말미암아 사망이 왔나니
이와 같이 모든 사람이 죄를 지었으므로 사망이 모든 사람에게 이르렀느니라 | 롬 5:12 |

5 MAY

16

하나님께서는 우리가 거룩해서 택하신 것이 아니라
우리를 거룩하게 하시려고 택하고 부르셨다.
하나님 보시기에 인간의 속에
하나님의 마음을 끌 만한 것이 전혀 없고,
오히려 불쾌하게 할 만한 것이 있을 뿐이다.

곧 창세 전에 그리스도 안에서 우리를 택하사 우리로 사랑 안에서 그 앞에 거룩하고 흠이 없게 하시려고 | 엡 1:4 |

8 AUGUST

15

당신의 마음과 삶을 깊이 살펴라.
당신과 당신의 모든 행위를 철저히 조사하여
죄를 낱낱이 밝혀라.
당신 혼자서는 이 일을 감당할 수 없다는 것을 인정하고
하나님의 영의 도움을 구하라.

내가 주의 법도를 택하였사오니 주의 손이 항상 나의 도움이 되게 하소서 | 시 119:173 |

5 MAY
17

당신 안에서 썩어 악취를 풍기는 것을 보라.
당신의 옷도 당신을 혐오하지 않는가?
그런데 어떻게 거룩함과 순결함이
당신을 사랑할 수 있겠는가?

주께서 나를 개천에 빠지게 하시리니 내 옷이라도 나를 싫어하리이다 | 욥 9:31 |

8 AUGUST
14

당신이 회복될 수 있는 수단을 완고하게 거절하지 않는 한
아직도 당신에게는 희망이 있다.
보라, 내가 당신 앞에 문을 활짝 열어놓았으니
일어나 도망하라. 생명의 길, 그 안에서 행하라.
그러면 죽지 않고 살 것이다.

볼지어다 내가 네 앞에 열린 문을 두었으되 능히 닫을 사람이 없으리라
내가 네 행위를 아노니 네가 적은 능력을 가지고도 내 말을 지키며 내 이름을 배반치 아니하였도다 | 계 3:8 |

5 MAY

18

감사하지 않는 자들이여,
값없이 받은 은혜에 대해 더 이상 말하지도
생각하지도 않는 것과 찬양하지도 높이지도
기리지도 않는 것을 부끄럽게 여겨라.

주의 사랑하시는 형제들아 우리가 항상 너희를 위하여 마땅히 하나님께 감사할 것은
하나님이 처음부터 너희를 택하사 성령의 거룩하게 하심과 진리를 믿음으로 구원을 얻게 하심이니 | 살후 2:13 |

8 AUGUST

13

대포 구멍에 머리를 집어넣고
자신의 생명을 담보로 장난하면서
야단법석을 떨다가 목숨을 잃는 사람보다
더 미련하고 미친 사람은
죄 가운데 계속 머무는 사람이다.

이는 그 손을 들어 하나님을 대적하며 교만하여 전능자를 배반함이니라
그는 목을 굳게 하고 두터운 방패로 하나님을 치려고 달려가나니 | 욥 15:25,26 |

5 MAY

19

그토록 큰 은혜를 받았으면
언제 어디서나 마땅히 하나님을 찬양해야 하지 않겠는가?
그 큰 은혜를 어찌 잊을 수 있을까?
그 은혜를 형식적으로 가볍게 언급하고 끝내려는가?

내가 주께 감사하옴은 나를 지으심이 신묘막측하심이라 주의 행사가 기이함을 내 영혼이 잘 아나이다 | 시 139:14 |

8 AUGUST

12

양심의 눈을 크게 뜨고 생명의 길을 찾아라.
당신 자신에게 절망하고 오직 그리스도를 찾아라.
그분 안에 있는 도피처로 달려가
당신 앞에 있는 소망을 굳게 붙들라.

또 약속하신 이는 미쁘시니 우리가 믿는 도리의 소망을 움직이지 말고 굳게 잡아 | 히 10:23 |

5 MAY

20

구원에 이르는 회개를 한 자는
예수님이 해산解産의 고통을 치르시며 얻어낸 열매이다.
그분이 우리를 위해 견디신 고통은
이 세상에서 아이를 낳은 그 어떤 어머니의 고통보다 더 크다.

그리스도 안에서 일만 스승이 있으되 아비는 많지 아니하니
그리스도 예수 안에서 복음으로써 내가 너희를 낳았음이라 | 고전 4:15 |

8 AUGUST

11

친구들이 당신을 떠나고

세상 모든 즐거움이 당신과 작별의 악수를 나눌지라도

당신의 죄는 당신을 떠나지 않는다.

죄수가 죽으면 그가 진 빚도 사라지지만,

당신이 죽더라도 당신의 죄는 사라지지 않는다.

왕께 고하되 내 주여 원컨대 내게 죄 주지 마옵소서 내 주 왕께서 예루살렘에서 나오시던 날에 종의 패역한 일을 기억하지 마옵시며 마음에 두지 마옵소서 | 삼하 19:19 |

5 MAY

21

망아지가 어미 말에게 달려가고
젖먹이가 엄마의 품을 찾는 것은 지극히 자연스러운 일이다.
그러나 이보다 더 자연스러운 일은
그리스도인이 그리스도께로 달려가는 것이다.
이제 당신은 어디로 가겠는가?

예루살렘아 예루살렘아 선지자들을 죽이고 네게 파송된 자들을 돌로 치는 자여 암탉이 그 새끼를 날개 아래 모음같이 내가 네 자녀를 모으려 한 일이 몇 번이냐 그러나 너희가 원치 아니하였도다 | 마 23:37 |

8 AUGUST

10

자기 죄의 무게를 느끼는 죄인의 얼굴을 보라.

그의 표정과 하소연에서는 두려움이 묻어나온다.

그의 평안은 고민으로 바뀌고,

삶은 윤기가 사라져 까칠하게 되고,

그의 눈에서는 잠이 떠난다.

내 생명은 슬픔으로 보내며 나의 해는 탄식으로 보냄이여

내 기력이 나의 죄악으로 약하며 나의 뼈가 쇠하도소이다 | 시 31:10 |

5 MAY

22

사탄이 당신을 자기 소유라고 주장하는가?
세상이 당신을 유혹하고,
죄가 당신의 마음을 빼앗으려고 하는가?
한 가지만 묻자!
이런 것들이 당신을 위해 십자가에 못 박혔는가?

그러나 내게는 우리 주 예수 그리스도의 십자가 외에 결코 자랑할 것이 없으니
그리스도로 말미암아 세상이 나를 대하여 십자가에 못 박히고 내가 또한 세상을 대하여 그러하니라 | 갈 6:14 |

8 AUGUST

9

빚을 진다는 것은 두려운 일이지만
하나님께 진 빚이 더 두렵다.
하나님께 붙잡히는 것이 가장 두려운 일이요,
그분의 감옥에 갇히는 것이 가장 비극적이다.

내가 부를지라도 너희가 듣기 싫어하였고 내가 손을 펼지라도 돌아보는 자가 없었고 도리어 나의 모든 교훈을 멸시하며 나의 책망을 받지 아니하였은즉 너희가 재앙을 만날 때에 내가 웃을 것이며 너희에게 두려움이 임할 때에 내가 비웃으리라 | 잠 1:24-26 |

5 MAY

23

말씀을 사랑하라!
당신은 말씀의 새롭게 하는 능력을 맛보지 않았는가?
생명이 있는 동안 말씀을 귀하게 여기고, 항상 감사하라.
말씀을 목에 두르고, 손에 새기고, 가슴에 품어라.

내 아들아 네 아비의 명령을 지키며 네 어미의 법을 떠나지 말고
그것을 항상 네 마음에 새기며 네 목에 매라 | 잠 6:20,21 |

8 AUGUST

8

당신이 회개하고 하나님과 당신 사이의 불화가 끝나서
하나님께서 당신을 위해 피조물과 화평의 언약을 맺으실 때
비로소 당신은 안식을 누릴 수 있다.

네가 멸망과 기근을 비웃으며 들짐승을 두려워 아니할 것은 밭에 돌이 너와 언약을 맺겠고
들짐승이 너와 화친할 것임이라 | 욥 5:22,23 |

5 MAY

24

무릎을 꿇고 기도한 다음 설교를 듣고,
설교를 들은 다음 무릎 꿇고 다시 기도하라.
설교가 당신을 변화시키지 못하는 이유는
그 설교에 기도와 눈물을 뿌리지 않고,
묵상의 옷을 입히지 않았기 때문이다.

내가 주의 율례를 길이 끝까지 행하려고 내 마음을 기울였나이다 | 시 119:112 |

8 AUGUST

7

무생물이 말할 수 있다면,
당신의 음식은 "주님, 제가 저의 힘을 소진消盡하면서까지
이토록 악한 사람을 먹여 살려야 합니까?
이렇게 하는 것이 주께 욕된 일이 아닙니까?
주님이 허락만 하신다면 차라리
이 사람의 목구멍을 막아버리겠습니다"라고 말할 것이다.

아담에게 이르시되 네가 네 아내의 말을 듣고 내가 네게 먹지 말라 한 나무의 열매를 먹었은즉 땅은 너로 말미암아 저주를 받고 너는 네 평생에 수고하여야 그 소산을 먹으리라 | 창 3:17 |

5 MAY

25

그리스도인이여,

당신이 무엇을 위해 부름 받았는지 잊지 말라.

당신의 빛이 비추게 하라.

당신의 등불이 타오르게 하라.

시절을 좇아 선한 열매를 풍성히 맺으라.

저는 시냇가에 심은 나무가 시절을 좇아 과실을 맺으며
그 잎사귀가 마르지 아니함 같으니 그 행사가 다 형통하리로다 | 시 1:3 |

8 AUGUST
6

당신이 회개하지 않고 살아간다면
하나님의 말씀은 당신에게 불리한 증거를 내놓는다.
페이지마다 당신을 정죄하며,
에스겔의 두루마리처럼 그 책은 겉과 속 모두
한탄과 탄식과 저주의 말로 가득하다.

믿고 세례를 받는 사람은 구원을 얻을 것이요 믿지 않는 사람은 정죄를 받으리라 | 막 16:16 |

5 MAY

26

먼저 당신의 회개를 증명하라.
그런 다음, 당신이 선택받았다는 것을 의심하지 말라.
만일 당신의 회개를 증명할 수 없다면
지금 당장 철저히 돌이켜라.

나 주 여호와가 말하노라 이스라엘 족속아 내가 너희 각 사람의 행한대로 국문할지라
너희는 돌이켜 회개하고 모든 죄에서 떠날지어다 그리한즉 죄악이 너희를 패망케 아니하리라 | 겔 18:30 |

8 AUGUST

5

하나님의 긍휼하심에 복종하라.
먼지와 그루터기는 전능자에 대항하여 싸울 수 없다.
찔레와 가시가 대적해도 그것들을 헤치고
전부 불살라버리실 것이다.
그분의 능력을 의지하고 그분과 화평하게 지내라.

나는 포도원에 대하여 노함이 없나니 질려와 형극이 나를 대적하여 싸운다 하자 내가 그것을 밟고 모아 불사르리라 그리하지 아니할 것 같으면 나의 힘을 의지하고 나와 화친하며 나로 더불어 화친할 것이니라 | 사 27:4,5 |

5 MAY
27

하나님의 숨겨진 뜻이 무엇이든
회개하고 믿으면 구원을 받고,
그렇지 않으면 멸망한다는 것을 잘 안다.
이렇게 평탄한 진리의 길이 당신 앞에 펼쳐져 있는데,
당신은 시작부터 암초에 부딪쳐 좌초坐礁하려는가?

형제들아 내 마음에 원하는 바와 하나님께 구하는 바는 이스라엘을 위함이니 곧 저희로 구원을 얻게 함이라 | 롬 10:1 |

8 AUGUST

4

하나님의 눈은 모든 것을 감찰하셔서
당신에게 있는 모든 것을 찾아내신다.
그런데도 당신은 그리스도께서 당신을 변호해주시는 것에
아직도 관심이 없는가?

내 아들 솔로몬아 너는 네 아비의 하나님을 알고 온전한 마음과 기쁜 뜻으로 섬길지어다 여호와께서는 뭇 마음을 감찰하사 모든 사상을 아시나니 네가 저를 찾으면 만날 것이요 버리면 저가 너를 영원히 버리시리라 | 대상 28:9 |

5 MAY
28

회개는 낡은 건물을 뜯어고치는 것이 아니라
전부 허물고 새로운 건물을 세우는 것이다.
헌 옷에 거룩함의 헝겊 조각을 덧대는 것이 아니라
거룩함을 우리의 모든 능력과 원칙과 실제 삶 속에
짜 넣는 것이다.

새 포도주를 낡은 가죽 부대에 넣는 자가 없나니 만일 그렇게 하면
새 포도주가 부대를 터뜨려 포도주와 부대를 버리게 되리라 오직 새 포도주는 새 부대에 넣느니라 하시니라 | 막 2:22 |

8 AUGUST
3

당신이 성경에 근거하여 그리스도와 그분의 속죄가 당신을 위한 것이라고 주장할 입장이 아니라면, 하나님께서는 당신을 무죄로 석방하지 않으시고, 당신이 죄의 대가를 모두 치르도록 하실 것이다.

믿음으로 말미암는 의는 이같이 말하되 네 마음에 누가 하늘에 올라가겠느냐 하지 말라 하니 올라가겠느냐 함은 그리스도를 모셔 내리려는 것이요 혹 누가 음부에 내려가겠느냐 하지 말라 하니 내려가겠느냐 함은 그리스도를 죽은 자 가운데서 모셔 올리려는 것이라 | 롬 10:6,7 |

5 MAY

29

회개는 사람의 마음 깊은 곳에서 일어나는 일이다.
회개는 새로운 세상에서 살아갈
새로운 사람을 만들어내며
사람의 마음과 몸과 삶 전체의 행동들을 변화시킨다.

이제는 우리가 얽매였던 것에 대하여 죽었으므로 율법에서 벗어났으니
이러므로 우리가 영의 새로운 것으로 섬길 것이요 의문의 묵은 것으로 아니할지니라 | 롬 7:6 |

8 AUGUST

2

당신은 그리스도 안에서 자비를 얻을 가능성이 있다.
그분은 당신에게 자비를 베풀기 원하신다.
당신이 하나님의 자비를 얻으면
하나님께서는 더 이상 당신을 대적하지 않으시고
오히려 당신 편에 서신다.

그런즉 이 일에 대하여 우리가 무슨 말 하리요 만일 하나님이 우리를 위하시면 누가 우리를 대적하리요 | 롬 8:31 |

5 MAY

30

전에는 자신의 영적 상태가
얼마나 위험한지 알지 못했던 사람이
회개한 후에는 자신의 상황을 정확히 진단하게 된다.
은혜의 능력으로 새롭게 되지 못하면 자신이 버림받아
영원히 멸망할 수밖에 없다는 것을 깨닫게 된다.

십자가의 도가 멸망하는 자들에게는 미련한 것이요 구원을 얻는 우리에게는 하나님의 능력이라 | 고전 1:18 |

8 AUGUST
1

곰과 사자의 발톱에 찢기거나
지극히 난폭한 사람과 사악한 영의 손아귀에 들어가는 것보다
살아 계신 하나님의 손에 빠져드는 것이
훨씬 더 무서운 일이다.
하늘과 땅만큼, 전능과 무능의 간극만큼 큰 차이가 있다.

하나님을 모르는 자들과 우리 주 예수의 복음에 복종하지 않는 자들에게 형벌을 내리시리니
이런 자들은 주의 얼굴과 그의 힘의 영광을 떠나 영원한 멸망의 형벌을 받으리로다 | 살후 1:8,9 |

5 MAY
31

전에는 죄가 별로 해롭지 않은 것이라고 믿었던 사람이 회개하면 죄가 모든 악의 뿌리임을 알게 된다. 회개한 사람은 죄가 불합리하고 불의하고 기형적畸形的이고 더럽다는 것을 알게 된다.

하나님의 뜻대로 하는 근심은 후회할 것이 없는 구원에 이르게 하는 회개를 이루는 것이요 세상 근심은 사망을 이루는 것이니라 | 고후 7:10 |

JULY 7 31

당신의 양심이
당신을 기도골방으로 몰고 가지 않는가?
골방에서 기도하고 말씀을 읽는 일이
너무 적다고 책망하지 않는가?《돌이켜 회개하라》

하나님의 말씀과 기도로 거룩하여짐이니라 | 딤전 4:5 |

회개한 사람은 의지意志가 바뀐다.

회개한 사람에게는 새로운 목적과 계획이 생긴다.

이 세상에서 하나님을 가장 원하기 때문에

다른 것을 원하거나 계획하지 않는다. 《돌이켜 회개하라》

땅 끝의 모든 백성아 나를 앙망하라 그리하면 구원을 얻으리라 나는 하나님이라 다른 이가 없음이니라 | 사 45:22 |

JULY 7 30

지옥 불에서 고통을 겪어본 부자富者와 같은 사람이 아니라면
누가 지옥에 떨어질 사람들의 비참함에 대해
제대로 말해줄 수 있겠는가?
세상에서 하나님 없이 사는 사람들의 비참함이
어떤 것인지를 정확히 묘사할 수 있는
솜씨 좋은 필자筆者가 누구일까?《돌이켜 회개하라》

불러 가로되 아버지 아브라함이여 나를 긍휼히 여기사 나사로를 보내어
그 손가락 끝에 물을 찍어 내 혀를 서늘하게 하소서 내가 이 불꽃 가운데서 고민하나이다 | 눅 16:24 |

회개한 사람은 선택의 기준이 바뀐다.
하나님을 자기 복의 근원으로 선택하고,
그분께 영광을 돌리기 위해
그리스도와 거룩함을 수단으로 삼는다.《돌이켜 회개하라》

내가 주의 법도를 택하였사오니 주의 손이 항상 나의 도움이 되게 하소서 | 시 119:173 |

JULY 7 29

거룩하게 되지 못한 사람들은
자기들이 아직 회개하지 않았다는 것을 알면서도
종종 태평하게 앉아 있을 정도로
지독한 게으름과 잠에 빠져 있다.《돌이켜 회개하라》

게으름이 사람으로 깊이 잠들게 하나니 해태한 사람은 주릴 것이니라 | 잠 19:15 |

6 3
JUNE

회개한 사람의 눈과 마음은 그리스도를 향한다.
폭풍을 만나 죽을 위기에 처한 상인이
모든 짐을 배 밖으로 던지듯이
그리스도라는 보화를 얻기 위해 다른 모든 것을 포기한다.

《돌이켜 회개하라》

천국은 마치 밭에 감추인 보화와 같으니 사람이 이를 발견한 후 숨겨 두고 기뻐하여
돌아가서 자기의 소유를 다 팔아 그 밭을 샀느니라 | 마 13:44 |

JULY 7 28

당신이 자신의 영적 상태를 공정하고 주의 깊게
철저히 살피지 않으면 십중팔구 속아 넘어갈 수밖에 없다.
부지런히 자신을 살펴라. 양초를 켜들고 깊이 조사하라.
저울에 당신을 달아보아라.《돌이켜 회개하라》

진실로 천한 자도 헛되고 높은 자도 거짓되니 저울에 달면 들려 입김보다 경하리로다 | 시 62:9 |

6 4

JUNE

회개하면 기쁨의 대상이 바뀐다.
하나님의 가르침을 받는 것을
모든 부귀영화를 누리는 것보다 기뻐한다.
회개하기 전에는 여호와의 율법을 별로 기뻐하지 않았지만
회개한 후에는 그 율법을 기뻐한다.《돌이켜 회개하라》

주의 증거로 내가 영원히 기업을 삼았사오니 이는 내 마음의 즐거움이 됨이니이다 | 시 119:111 |

JULY

7 27

당신은 평안한가?

그렇다면 무슨 근거에서 평안한지 내게 보이라.

그것이 성경에서 인정하는 평안인가?

그럴 수 없다면, 당신이 누리고 있는 현재의 평안은

그 어떤 불안보다도 더 무서운 것이다.《돌이켜 회개하라》

그런즉 왕이여 나의 간하는 것을 받으시고 공의를 행함으로 죄를 속하고 가난한 자를 긍휼히 여김으로 죄악을 속하소서 그리하시면 왕의 평안함이 혹시 장구하리이다 하였느니라 | 단 4:27 |

6 5
JUNE

회개한 사람은 고난을 받을까봐 두려워하는 게 아니라
죄를 지을까봐 두려워한다.
이제는 하나님의 영광을 가리거나
불쾌하게 만들까봐 두렵다.《돌이켜 회개하라》

우리 머리에서 면류관이 떨어졌사오니 오호라 우리의 범죄함을 인함이니이다 | 애 5:16 |

JULY

7 26

육신에게 자유를 주고 육신의 요구를 다 들어주고
그것을 기쁘게 해주는 사람, 배腹와 감각을 만족시키면서
큰 기쁨을 느끼는 사람은
겉으로는 아무리 경건해 보여도 다 가짜이다.
육신을 기쁘게 하는 삶은 하나님을 기쁘시게 해드릴 수 없다.

《돌이켜 회개하라》

이기기를 다투는 자마다 모든 일에 절제하나니 저희는 썩을 면류관을 얻고자 하되
우리는 썩지 아니할 것을 얻고자 하노라 | 고전 9:25 |

회개한 사람은

하나님의 관심을 잃는다고 생각하면 눈앞이 깜깜해진다.

왜냐하면 그것은 그에게 파멸을 의미하는 일이기 때문이다.

그리스도에게서 끊어진다고 생각하면

그렇게 괴로울 수가 없다.《돌이켜 회개하라》

율법 안에서 의롭다 함을 얻으려 하는 너희는 그리스도에게서 끊어지고 은혜에서 떨어진 자로다 | 갈 5:4 |

JULY 7 25

자기의 마음속에 있는 교만을 보지도 못하고
문제 삼지도 않고 그것 때문에 고민하지도 않는 사람들은
죄 가운데 완전히 죽어 있는 것이다.
교만의 죄가 많은 사람들의 마음속에서 은밀히 살며
그들을 지배하지만, 그 사실을 몰라서 자신을 속인다. 《돌이켜 회개하라》

바리새인 중에 예수와 함께 있던 자들이 이 말씀을 듣고 가로되 우리도 소경인가 예수께서 가라사대
너희가 소경 되었더면 죄가 없으려니와 본다고 하니 너희 죄가 그저 있느니라 | 요 9:40,41 |

6 7

JUNE

회개한 사람은 자기의 유익을 구하는 데 머리를 쓰지 않고
자기의 책무를 다하는 데 머리를 쓴다.
어떻게 하면 하나님을 기쁘시게 해드리고
죄를 피할 것인지에 골몰한다.《돌이켜 회개하라》

주께 합당히 행하여 범사에 기쁘시게 하고 모든 선한 일에 열매를 맺게 하시며
하나님을 아는 것에 자라게 하시고 | 골 1:10 |

JULY 7 24

형식적인 신앙생활에 만족하는 사람들은
말씀을 듣고 금식하고 기도하고 봉사하기 때문에
자기들은 안전하다고 믿는다.
자기들이 행한 것을 의지하지만
그들의 일에는 진정한 마음이나 내적 능력과
활력이 담겨 있지 않아 결국 불구덩이로 떨어진다.《돌이켜 회개하라》

저희가 평안하다, 안전하다 할 그 때에 잉태된 여자에게 해산 고통이 이름과 같이 멸망이 홀연히 저희에게 이르리니
결단코 피하지 못하리라 | 살전 5:3 |

6 8
JUNE

새로워진 사람은 새로운 길을 간다.
그의 시민권은 하늘에 있다.
그리스도께서 유효한 은혜로 부르시는 순간,
그는 즉시 그분을 따른다. 《돌이켜 회개하라》

오직 우리의 시민권은 하늘에 있는지라 거기로서 구원하는 자 곧 주 예수 그리스도를 기다리노니 | 빌 3:20 |

JULY 7 23

거짓말을 하실 수 없는 하나님께서는,
거짓말하는 자는 하나님의 나라에서 자리를 차지할 수 없고
하나님의 거룩한 산에 오를 수 없다고 말씀하셨다.
그들의 운명은 그들의 아비,
즉 거짓의 아비 마귀와 함께 불못에 던져지는 것이다.《돌이켜 회개하라》

그러나 두려워하는 자들과 믿지 아니하는 자들과 흉악한 자들과 살인자들과 행음자들과 술객들과 우상 숭배자들과 모든 거짓말 하는 자들은 불과 유황으로 타는 못에 참예하리니 이것이 둘째 사망이라 | 계 21:8 |

6 9
JUNE

회개한 사람은 죄와 영원히 적대 관계에 놓인다.
그는 죄 아래서 신음하고 발버둥을 친다.
형식적인 몸부림이 아니라 마음속 깊은 곳에서 우러나와
"오호라 나는 곤고한 자로다"라고 부르짖는다. 《돌이켜 회개하라》

오호라 나는 곤고한 사람이로다 이 사망의 몸에서 누가 나를 건져 내랴 | 롬 7:24 |

많은 사람들은 중생重生의 필요성을
말로는 부정하지 않지만,
지금 당장 거듭나지 않아도 괜찮다는 착각 속에서 살아간다.
이런 교묘한 위선은 가장 위험하고
스스로를 속이는 것이다.《돌이켜 회개하라》

예수께서 대답하여 가라사대 진실로 진실로 네게 이르노니 사람이 거듭나지 아니하면
하나님 나라를 볼 수 없느니라 | 요 3:3 |

하나님께서 회개를 통해 눈을 열어주시면
그는 죄에 대해 혐오감을 느낀다.
어두운 데서 예쁜 새로 착각하여 가슴에 품었던
두꺼비를 보고 놀라 던져버리는 사람처럼 멀리 던져버린다.

《돌이켜 회개하라》

성령을 소멸치 말며 예언을 멸시치 말고 범사에 헤아려 좋은 것을 취하고 악은 모든 모양이라도 버리라 | 살전 5:19-22 |

JULY
7 21

하늘이여, 들어라! 땅이여, 귀를 기울여라!
감각 없는 미물微物들도 판단하라!
하나님께서 먹이고 기르신 인간들이
그분께 반역하는 것이 옳은 일인가?
당신은 스스로 판단하라.《돌이켜 회개하라》

내가 말하노니 네가 족히 싸울 모략과 용맹이 있노라 함은 입술에 붙은 말 뿐이니라
네가 이제 누구를 의뢰하고 나를 반역하느냐 | 사 36:5 |

6 11
JUNE

진정으로 회개한 사람은 죄에 맞서 전심전력으로 싸운다.
죄와의 전쟁에서 자주 패배하지만
목숨이 붙어 있는 한 무기를 내려놓거나 항복하지 않는다.
죄와 화해하지도 않고, 죄를 살려주지도 않는다.《돌이켜 회개하라》

그러므로 내가 달음질하기를 향방 없는 것같이 아니하고 싸우기를 허공을 치는것 같이 아니하여
내가 내 몸을 쳐 복종하게 함은 내가 남에게 전파한 후에 자기가 도리어 버림이 될까 두려워함이로라 | 고전 9:26,27 |

JULY

7 20

그리스도가 왕이시라면 사람들은 마땅히
그분께 영광과 존귀를 돌리며 복종해야 한다.
그런데 그분을 향한 본능적인 증오심에
사로잡힌 자들을 구원해준다면
그것은 그분의 위엄을 훼손하는 것이다.《돌이켜 회개하라》

주께서 주의 큰 위엄으로 주를 거스리는 자를 엎으시니이다
주께서 진노를 발하시니 그 진노가 그들을 초개같이 사르니이다 | 출 15:7 |

6 12

JUNE

당신은 당신의 육체와 함께 그 정과 욕심을
십자가에 못 박았는가? 당신의 욕망 속에서 불타고 있는
모든 죄를 고백하고 버렸는가?
매일 저지르는 의도적이고 고집스러운 죄를
고백하고 버렸는가?
그렇지 않다면 당신은 아직 회개하지 않은 것이다. 《돌이켜 회개하라》

그리스도 예수의 사람들은 육체와 함께 그 정과 욕심을 십자가에 못 박았느니라 | 갈 5:24 |

JULY 7 19

하나님께서는 죄인을 사랑하시지만 죄는 미워하신다.
그리스도에게서 생명 얻기를 소망하는 자들은
그분과 같이 자신을 깨끗하게 해야 한다.
그렇지 않으면,
그분이 죄를 옹호하는 분으로 오해받을 것이다.《돌이켜 회개하라》

우리를 양육하시되 경건치 않은 것과 이 세상 정욕을 다 버리고
근신함과 의로움과 경건함으로 이 세상에 살고 | 딛 2:12 |

6 13

JUNE

회개는 강한 자를 결박하고,

그의 갑주를 무력화하고, 소유물을 내던지고,

사람들을 사탄의 권세에서 건져 하나님께 되돌린다.

회개하기 전에는 사탄이 손가락을 들어

악한 무리나 흉악한 놀이나 더러운 쾌락을 가리키기만 하면

죄인들은 즉시 그곳으로 달려갔다.《돌이켜 회개하라》

소년이 곧 그를 따랐으니 소가 푸주로 가는 것 같고 미련한 자가 벌을 받으려고 쇠사슬에 매이러 가는 것과 일반이라 필경은 살이 그 간을 뚫기까지에 이를 것이라 새가 빨리 그물로 들어가되 그 생명을 잃어버릴 줄을 알지 못함과 일반이니라 | 잠 7:22,23 |

JULY

7 18

어둠과 빛, 오염된 것과 완전한 것,

비열한 것과 영광스러운 것, 죄와 영생이 어울리겠는가?

거듭나지 못한 죄인은 천국에서 일어나는 일을

피곤하게 여길 것이다.

그곳에서 부르는 찬송가들이 생소하고 낯설 것이다. 《돌이켜 회개하라》

내 아버지께서 모든 것을 내게 주셨으니 아버지 외에는 아들을 아는 자가 없고
아들과 또 아들의 소원대로 계시를 받는 자 외에는 아버지를 아는 자가 없느니라 | 마 11:27 |

누구나 참된 신앙을 갖기 전에는 세상에 압도당한다.
돈에 절하거나 자기의 명예를 우상시하거나
하나님보다 쾌락을 더 사랑한다.
이것은 타락으로 인해 생긴 비극의 뿌리이다.《돌이켜 회개하라》

그 정죄는 이것이니 곧 빛이 세상에 왔으되
사람들이 자기 행위가 악하므로 빛보다 어두움을 더 사랑한 것이니라 | 요 3:19 |

JULY 7 17

건강한 사람이 의사를 귀히 여기지 않듯이
거룩하게 되지 못한 죄인은 그리스도를 소중히 여기지 않는다.
그분의 향유를 하찮게 여기고, 그분의 치료를 얕보고,
그분의 피를 짓밟는다.《돌이켜 회개하라》

거룩한 것을 개에게 주지 말며 너희 진주를 돼지 앞에 던지지 말라
저희가 그것을 발로 밟고 돌이켜 너희를 찢어 상할까 염려하라 | 마 7:6 |

6 15

JUNE

회개하게 만드는 은혜는 모든 것을 정상으로 되돌려놓는다.
하나님을 보좌에 앉게 해드리고,
세상을 그분의 발등상에 두고, 그리스도를 마음에 모시고,
세상을 발아래 둔다. 《돌이켜 회개하라》

그러나 내게는 우리 주 예수 그리스도의 십자가 외에는 결코 자랑할 것이 없으니 그리스도로 말미암아 세상이 나를 대하여 십자가에 못 박히고 내가 또한 세상을 대하여 그러하니라 | 갈 6:14 |

JULY 7 16

그리스도는 성부 하나님께서 택하여 자신에게 주신 사람들,
즉 소명을 통해 하나님께서 이끌어주신 사람들 외에는 단 한 명도
구원하지 않으셨고,
앞으로도 구원하지 않으실 것이다.
그리스도는 아버지의 뜻에 어긋나는 방법으로는
그 누구도 구원하지 않으실 것이다.《돌이켜 회개하라》

아버지께서 내게 주시는 자는 다 내게로 올 것이요 내게 오는 자는 내가 결코 내어 쫓지 아니하리라 | 요 6:37 |

구원에 이르는 회개를 한 사람은
하나님 아닌 다른 것에서 만족을 얻지 못한다.
그는 그가 즐겼던 세상 것에
'헛되고 괴로운 것!' 이라는 딱지를 써 붙이고,
모든 인간적 위대함에 '쓰레기와 배설물!' 이라는 낙인을 찍는다.

《돌이켜 회개하라》

또한 모든 것을 해로 여김은 내 주 그리스도 예수를 아는 지식이 가장 고상함을 인함이라 내가 그를 위하여 모든 것을 잃어버리고 배설물로 여김은 그리스도를 얻고 그 안에서 발견되려 함이니 내가 가진 의는 율법에서 난 것이 아니요 오직 그리스도를 믿음으로 말미암은 것이니 곧 믿음으로 하나님께로서 난 의라 | 빌 3:8,9 |

JULY 7 15

만일 그리스도께서 회개하지 않은 채
죄에 빠진 사람들을 구원해주신다면
아버지의 영광을 완전히 가리는 것이며,
책임을 저버리는 것이다.
사람들이 거룩해져서 구원에 이르게 하는
하나님의 계획을 무너뜨리는 것이다.《돌이켜 회개하라》

이 지혜는 이 세대의 관원이 하나도 알지 못하였나니
만일 알았더면 영광의 주를 십자가에 못 박지 아니하였으리라 | 고전 2:8 |

6 17
JUNE

회개하기 전의 인간은 무화과 잎으로 자신을 가리려 하고,
자기 의무를 다함으로써 자신을 온전케 하려고 애쓴다.
자신을 신뢰하고 자기의自己義를 세우고
자기가 조종할 수 있다는 생각을 의지하면서도
하나님의 의義에는 순종하지 않는다.《돌이켜 회개하라》

아들을 믿는 자는 영생이 있고 아들을 순종치 아니하는 자는 영생을 보지 못하고
도리어 하나님의 진노가 그 위에 머물러 있느니라 | 요 3:36 |

하나님께서는 사람들이 하나님을 의지하는 척하면서
계속 죄짓는 것을 결코 용납하지 않으신다.
여호와께서는 계속 죄 가운데 머물면서도
이스라엘의 하나님에게서 힘을 얻기 바라는 뻔뻔한 자들을,
마치 옷에 붙은 가시나무의 가지를 떨어버리듯이 배척하셨다.

《돌이켜 회개하라》

주를 향하여 이 소망을 가진 자마다 그의 깨끗하심과 같이 자기를 깨끗하게 하느니라 | 요일 3:3 |

6 18

JUNE

회개하여 변화된 사람은
자기의 의를 누더기 옷처럼 여긴다.
그는 마치 더러운 거지의 옷을 벗어던지듯
자기의 의를 벗어던진다.《돌이켜 회개하라》

그러나 무엇이든지 내게 유익하던 것을 내가 그리스도를 위하여 다 해로 여길 뿐더러 | 빌 3:7 |

JULY 7 13

하나님은 자신의 진리를 희생하면서까지
자비를 베푸시는 분이 아니다.
이 사실을 알면,
주제넘은 죄인은 영원히 슬퍼할 것이다. 《돌이켜 회개하라》

주의 말씀의 강령은 진리오니 주의 의로운 모든 규례가 영원하리이다 | 시 119:160 |

6 19
JUNE

당신은 "나는 하나님과 함께 있는 것이 좋으니 하나님 곁에 장막을 치고 살다가 죽으리라"라고 말할 수 있는가? 온 세상을 다 준다고 해도 그분을 포기하지 않겠다는 마음이 있는가? 만일 그렇다면 당신과 하나님 사이에는 아무 문제가 없는 것이다.《돌이켜 회개하라》

주의 궁정에서 한 날이 다른 곳에서 천날보다 나은즉
악인의 장막에 거함보다 내 하나님 문지기로 있는 것이 좋사오니 | 시 84:10 |

JULY 7 12

악인의 소망은 끊어진다.
그것은 거미줄로 만든 거미집 같은데,
이 거미집은 죽음에 이르고 결국 모든 것을 멸망시킨다.
악인이 의지하는 것은 영원히 무너질 수밖에 없다.《돌이켜 회개하라》

악인은 죽을 때에 그 소망이 끊어지나니 불의의 소망이 없어지느니라 | 잠 11:7 |

6 20

JUNE

회개하지 않은 사람은 하나님 안에서 안식을 누리지 못한다.
그러나 회개케 하는 은혜는 우리에게 이런 안식을 줄 수 있다.
우상을 섬기던 마음을 살아 계신 하나님께 돌림으로써
타락으로 인한 치명적인 비극을 치유해준다.《돌이켜 회개하라》

또 하나님이 누구에게 맹세하사 그의 안식에 들어오지 못하리라 하셨느냐
곧 순종치 아니하던 자에게가 아니냐 | 히 3:18 |

JULY 7 11

의인의 소망은 열매를 맺으면서 끝나지만,
악인의 소망은 좌절 속에서 끝난다.
경건한 사람은 죽을 때 "다 이루었다"라고 말하지만,
악인은 "이제 망하게 되었구나"라고 말한다. 《돌이켜 회개하라》

사면으로 나를 헐으시니 나는 죽었구나 내 소망을 나무 뽑듯 뽑으시고 | 욥 19:10 |

회개는 그리스도를 유일한 생명의 길, 구원의 길,
하늘 아래에서 유일한 이름으로 받아들이게 한다.
우리는 그분이 아닌 다른 어떤 존재에게서
구원을 얻으려고 하지 않는다.
오직 그분만을 의지할 뿐이다.《돌이켜 회개하라》

그 아들에게 입맞추라 그렇지 아니하면 진노하심으로 너희가 길에서 망하리니
그 진노가 급하심이라 여호와를 의지하는 자는 다 복이 있도다 | 시 2:12 |

JULY 7 10

악의와 시기는 마음속의 독이 아니고 무엇이란 말인가?
영적 게으름은 마음속의 괴혈병이고,
육신적 안락은 죽음에 이르는 혼수상태이다.
이런 온갖 병에 시달리는 영혼이
어찌 위로를 맛볼 수 있단 말인가?《돌이켜 회개하라》

주의 법을 사랑하는 자에게는 큰 평안이 있으니 저희에게 장애물이 없으리이다 | 시 119:165 |

회개하기 전에는 그리스도를 경시하고
자기의 소유와 친구와 재물을 더 소중히 여겼다.
그러나 이제 그리스도는 그에게 필수적인 음식이요
일용할 양식이요 마음의 생명이요 삶의 반석이시다.
그의 간절한 소원은 그리스도가
자기 안에서 존귀하게 되시는 것이다.《돌이켜 회개하라》

다 같은 신령한 음료를 마셨으니 이는 저희를 따르는 신령한 반석으로부터 마셨으매
그 반석은 곧 그리스도시라 | 고전 10:4 |

당신의 죄들이 당신을 따라다니는가?
그렇다면 당신이 약간 기도하고
당신의 행위를 조금 고친다고 해서
하나님의 진노가 풀린다고 착각하지 말라.
당신의 마음에서부터 시작하라.《돌이켜 회개하라》

너희는 이 세대를 본받지 말고 오직 마음을 새롭게 함으로 변화를 받아
하나님의 선하시고 기뻐하시고 온전하신 뜻이 무엇인지 분별하도록 하라 | 롬 12:2 |

6 23
JUNE

온전히 회개한 사람은 그리스도를 전부 받아들인다.
주님이 어떤 조건을 제시하시더라도
그 조건에 따르면서 받아들인다.
구원뿐만 아니라 주님의 지배도 받아들이는 것이다.《돌이켜 회개하라》

기드온이 그들에게 이르되 내가 너희를 다스리지 아니하겠고
나의 아들도 너희를 다스리지 아니할 것이요 여호와께서 너희를 다스리시리라 | 삿 8:23 |

당신이 회개하지 않았다면
피조물들이 당신을 위하는 모든 일이 헛일이 되고 만다.
당신의 음식이 당신에게 영양분을 공급하는 것이 헛되고,
태양이 당신에게 햇빛을 선사하는 것도 의미가 없다.《돌이켜 회개하라》

피조물이 다 이제까지 함께 탄식하며 함께 고통하는 것을 우리가 아나니 | 롬 8:22 |

6 24

JUNE

회개하기 전에는 율법과 규례를 거부하고
너무 엄격하고 가혹하다고 여겼던 사람이라도
회개하면 그것을 좋아하게 된다.
그리고 이것들을 영원한 표준과 안내자로 삼는다.《돌이켜 회개하라》

여호와는 나의 빛이요 나의 구원이시니 내가 누구를 두려워하리요
여호와는 내 생명의 능력이시니 내가 누구를 무서워하리요 | 시 27:1 |

JULY 7

7

나무가 말할 수 없고 죽은 자가 움직일 수 없듯이,
회개하지 않은 사람에게는
하나님께서 받으실 만한 거룩한 봉사 자체가 불가능하다.
나무가 악한데 어떻게 열매가 선할 수 있겠는가?《돌이켜 회개하라》

이와 같이 좋은 나무마다 아름다운 열매를 맺고 못된 나무가 나쁜 열매를 맺나니
좋은 나무가 나쁜 열매를 맺을 수 없고 못된 나무가 아름다운 열매를 맺을 수 없느니라 | 마 7:17,18 |

6 25
JUNE

회개한 사람의 판단은 그리스도의 율법과
규례와 방법을 인정하고,
그것들이 가장 의롭고 합리적이라고 동의한다.
그리고 그 법이 거룩하고 의롭고 선하다는 데 동의한다.

《돌이켜 회개하라》

이로 보건대 율법도 거룩하며 계명도 거룩하며 의로우며 선하도다 | 롬 7:12 |

JULY 7 6

연장 없이 대리석을 자를 수 없고,
물감이나 붓 없이 그림을 그릴 수 없고,
자재 없이 건물을 지을 수 없는 법이다.
마찬가지로 성령님이 주시는 은혜 없이는
하나님을 기쁘시게 해드릴 수 없다.《돌이켜 회개하라》

육에 속한 사람은 하나님의 성령의 일을 받지 아니하나니 저희에게는 미련하게 보임이요 또 깨닫지도 못하나니 이런 일은 영적으로라야 분변함이니라 | 고전 2:14 |

6 26

JUNE

회개한 사람의 소원은 그리스도의 온 마음을 아는 데 있다.
자기에게 죄가 있다면 하나라도 그냥 덮어두려 하지 않고,
자기의 의무라면 하나도 잊지 않으려고 한다.《돌이켜 회개하라》

너희 안에서 행하시는 이는 하나님이시니 자기의 기쁘신 뜻을 위하여 너희로 소원을 두고 행하게 하시나니 | 빌 2:13 |

JULY 7 5

알파벳을 배운 적이 없는 사람이 글을 읽을 수 없고,
악기를 만져본 적이 없는 사람이
훌륭한 음악을 연주할 수 없다.
이와 마찬가지로 거듭나지 못한 사람은
주님을 기쁘시게 해드리는 일을 할 수 없다.《돌이켜 회개하라》

찬송하리로다 우리 주 예수 그리스도의 아버지 하나님이 그 많으신 긍휼대로 예수 그리스도의 죽은 자 가운데서 부활하심으로 말미암아 우리를 거듭나게 하사 산 소망이 있게 하시며 | **벧전 1:3** |

6 27
JUNE

회개한 사람은 자유롭고 단호한 의지로
그리스도의 길을 선택한다.
고민 끝에 그리스도의 길에 억지로 동의하거나
갑작스럽고 성급하게 결단을 내리는 것도 아니다.
의지적으로 결정을 내리고 자유롭게 선택한다. 《돌이켜 회개하라》

내가 오늘날 천지를 불러서 너희에게 증거를 삼노라
내가 생명과 사망과 복과 저주를 네 앞에 두었은즉 너와 네 자손이 살기 위하여 생명을 택하고 | 신 30:19 |

JULY 7 4

당신이 아무짝에도 쓸모없고
이 땅에 유익은 못 주면서 짐만 되며,
우주에 붙은 혹 같은 존재라면 얼마나 슬픈 일인가!
당신이 회개하지 않았다면
당신은 바로 이런 불쌍한 존재에 불과하다.
당신이 존재 목적을 저버린 것이기 때문이다.《돌이켜 회개하라》

이 백성은 내가 나를 위하여 지었나니 나의 찬송을 부르게 하려 함이니라 | 사 43:21 |

6 28

JUNE

거룩하게 되지 못한 사람은
쇠사슬과 족쇄에 매인 것처럼 억지로 그리스도의 길을 가지만,
진정으로 회개한 사람은 마음에서 우러나와 그 길을 가며
그리스도의 율법을 자기의 자유로 여긴다. 《돌이켜 회개하라》

주는 영이시니 주의 영이 계신 곳에는 자유함이 있느니라 | 고후 3:17 |

JULY 7 3

그리스도의 이름을 위해 수치를 당한다 해도
당신은 얼마든지 행복할 수 있다.
세상적인 명예를 얻는 것보다
그리스도를 위해 수치를 당하는 것이 훨씬 더 행복하다.

《돌이켜 회개하라》

그리스도를 위하여 받는 능욕을 애굽의 모든 보화보다 더 큰 재물로 여겼으니 이는 상 주심을 바라봄이라 | 히 11:26 |

6 29

JUNE

회개한 사람의 삶은
하나님의 율례를 준수하는 쪽으로 달려간다.
하나님과 동행하는 것에 날마다 신경 쓰면서 살아간다.
죄를 전부 없애고 완전한 성결에 이를 때까지는
결코 쉬지 않는다. 《돌이켜 회개하라》

어찌하든지 죽은 자 가운데서 부활에 이르려 하노니 내가 이미 얻었다 함도 아니요 온전히 이루었다 함도 아니라 오직 내가 그리스도 예수께 잡힌바 된 그것을 잡으려고 좇아가노라 | 빌 3:11,12 |

'회개의 문'을 통과하지 않고 천국에 들어간 사람은
지금까지 아무도 없었고, 앞으로도 그럴 것이다.
회개는 높은 수준의 신앙에 오른
일부 그리스도인들의 전유물이 아니다.
구원받은 사람 누구나 겪어야 할 과정이다.《돌이켜 회개하라》

내가 문이니 누구든지 나로 말미암아 들어가면 구원을 얻고 또는 들어가며 나오며 꼴을 얻으리라 | 요 10:9 |

6 30
JUNE

진정 회개한 사람은 천국에 가기 위한 성결을 원하지 않고
성결이 좋아서 성결을 원한다.
지옥을 면하는 정도에 만족하지 않고
최고의 것을 원한다.《돌이켜 회개하라》

하나님을 가까이 하라 그리하면 너희를 가까이 하시리라
죄인들아 손을 깨끗이 하라 두 마음을 품은 자들아 마음을 성결케 하라 | 약 4:8 |

JULY 7 1

양심이여, 네 의무를 다하라!
살아 계신 하나님의 이름으로 명하노니 네 책임을 완수하라.
이 죄인을 꽉 붙잡아 꼼짝 못하게 가두고
그의 허물을 일깨워라.
그 영혼의 피에 대해 네가 책임지는 일이 없도록 하라. 《돌이켜 회개하라》

오늘날까지 날이 오래도록 너희가 너희 형제를 떠나지 아니하고
오직 너희 하나님 여호와의 명하신 그 책임을 지키도다 | 수 22:3 |